Maigret e o cliente de sábado

LIVROS DO AUTOR PUBLICADOS PELA **L&PM** EDITORES:

Todos os contos de Maigret – vol. 1
Todos os contos de Maigret – vol. 2

Coleção **L&PM** POCKET:

Romances com o inspetor Maigret:

A barcaça da morte
A fúria de Maigret
A louca de Maigret (inédito)
A noite da encruzilhada
A primeira investigação de Maigret
A taberna dos dois tostões (inédito)
A velha senhora
As férias de Maigret
As testemunhas rebeldes
Liberty Bar (inédito)
Maigret (inédito)
Maigret e a morte do jogador (inédito)
Maigret e a mulher do ladrão (inédito)
Maigret e o cliente de sábado (inédito)
Maigret e o corpo sem cabeça (inédito)
Maigret e o fantasma (inédito)
Maigret e o finado sr. Gallet (inédito)
Maigret e o homem do banco
Maigret e o ladrão preguiçoso (inédito)
Maigret e o matador (inédito)
Maigret e o mendigo (inédito)
Maigret e o negociante de vinhos (inédito)
Maigret e o sumiço do sr. Charles (inédito)
Maigret e os colegas americanos (inédito)
Maigret e os crimes do cais (inédito)
Maigret e os flamengos (inédito)
Maigret e os homens de bem
Maigret e seu morto
Maigret em Nova York
Maigret em Vichy (inédito)
Maigret na escola (inédito)
Maigret sai em viagem (inédito)
Maigret se defende (inédito)
Maigret se diverte (inédito)
Memórias de Maigret (inédito)
Morte na alta sociedade
O amigo de infância de Maigret (inédito)
O assassino sem rosto
O cão amarelo
O caso Saint-Fiacre
O enforcado
O medo de Maigret
O mistério das joias roubadas
O porto das brumas
O revólver de Maigret (inédito)
Os escrúpulos de Maigret (inédito)
Um crime na Holanda (inédito)
Um fracasso de Maigret (inédito)
Um engano de Maigret
Uma sombra na janela

Outros romances:

A casa do canal (inédito)
A fuga do sr. Monde (inédito)
Ainda restam aveleiras
O burgomestre de Furnes
Sinal vermelho (inédito)

Georges Simenon

Maigret e o cliente de sábado

Tradução de Paulo Neves

www.lpm.com.br

L&PM POCKET

Coleção **L&PM** POCKET, vol. 1026

Texto de acordo com a nova ortografia.
Título original: *Maigret et le client du samedi*

Primeira edição na Coleção **L&PM** POCKET: março de 2012

Tradução: Paulo Neves
Capa: Ivan Pinheiro Machado. *Foto*: © Rene Saint Paul /Rue des Archives
Preparação: Matheus Gazzola Tussi
Revisão: Patrícia Rocha

CIP-Brasil. Catalogação na Fonte
Sindicato Nacional dos Editores de Livros, RJ.

S599m

Simenon, Georges, 1903-1989
Maigret e o cliente de sábado / Georges Simenon; tradução de Paulo Neves. – Porto Alegre, RS: L&PM, 2012.
160p. (Coleção L&PM POCKET, v. 1026)

Tradução de: *Maigret et le client du samedi*
ISBN 978-85-254-2578-2

1. Romance francês. I. Neves, Paulo. II. Título. III. Série.

12-0152. CDD: 843
CDU: 821.133.1-3

Rua Comendador Coruja, 314, loja 9 – Floresta – 90.220-180
Porto Alegre – RS – Brasil / Fone: 51.3225.5777 – Fax: 51.3221.5380

Pedidos & Depto. Comercial: vendas@lpm.com.br
Fale conosco: info@lpm.com.br
www.lpm.com.br

Impresso no Brasil
Verão de 2012

SOBRE O AUTOR

Georges Joseph Christian Simenon nasceu na cidade belga de Liège, em 12 de fevereiro de 1903, filho de Desiré Simenon, contador de uma companhia de seguros, e Henriette. A família era católica, e o comparecimento a rituais da Igreja foi uma constante na infância do autor. Christian, filho mais novo do casal, era o preferido de Henriette, enquanto Georges venerava o pai, um homem paciente que não desperdiçava palavras. Era adolescente quando Liège foi ocupada pelos alemães durante a Primeira Guerra Mundial.

Ainda na juventude do autor, seu pai adoeceu gravemente do coração. Georges abandonou a escola e começou a trabalhar. Passou por vários empregos, até que, em janeiro de 1919, foi admitido como office boy no *Gazette de Liège*, sendo posteriormente promovido a repórter. Escreveu sob vários pseudônimos, até chegar ao nome de Georges Sim, que usaria por doze anos. Na atividade jornalística, adquiriu habilidades que muito lhe valeriam na carreira de romancista: escrever rápido e respeitar prazos. Paralelamente ao trabalho, nesse período Simenon aplicou-se no estudo de medicina forense. Também nessa época começou suas primeiras experimentações literárias e conheceu Régine Renchon, a quem apelidou de Tigy, sua futura mulher.

Seu pai morreu em 1921, e, após cumprir o serviço militar, Georges mudou-se para Paris, em 1922, onde se sustentou graças ao salário de secretário particular. Nos anos seguintes, ele se estabeleceria como autor de literatura *pulp*, além de frequentar artistas da cena francesa, como o cineasta Jean Renoir, de quem se tornou amigo, e a cantora americana Josephine Baker, de quem foi amante. Já nessa época estava em gestação aquele que se tornaria um dos mais famosos personagens da literatura ocidental, o inspetor Jules Maigret.

Entre 1929 e 1930, Simenon escreveu sob pseudônimo vários textos que prenunciavam o surgimento da série em que o comissário da Polícia Judiciária francesa desvenda uma série de crimes. Os anos de 1930 e 1931 foram dedicados à redação dos romances que comporiam a série Maigret e que seriam publicados já com o nome do autor pela editora francesa Fayard a partir de 1931. *Pietr-le-Letton* (*O assassino sem rosto*) foi o primeiro desses romances a ser escrito, mas *Monsieur Gallet, décédé* (Maigret e o finado sr. Gallet) foi o primeiro a ser publicado, obtendo sucesso imediato, como os demais livros que se seguiriam. Todo o universo e a ética de Maigret já estavam estabelecidos nos primeiros livros da série. As histórias protagonizadas pelo inspetor Maigret – parisiense, fumante de cachimbo, usando sempre um sobretudo de gola de veludo e chapéu – compõem uma categoria *sui generis* da literatura policial: o êxito junto ao público deve-se menos ao enredo e à descoberta do mistério do que ao misto de ceticismo e esperança com o qual o taciturno Maigret vê a sociedade – visão psicológica que é a principal arma desse humanista no combate ao crime. Com o passar dos anos, a composição dos personagens secundários se tornaria mais complexa, e o tom dos romances, mais filosófico.

Em 1933, já havia escrito seis romances em um estilo diferente do que praticara até então, que ele chamou de *roman dur*: romances que não necessariamente giram em torno de um crime e que se apoiam, sobretudo, na riqueza psicológica dos personagens. A essa altura, a família já estava vivendo na propriedade em La Rochelle, na costa oeste da França.

Em 1945, Simenon – já com problemas de coração –, Tigy e o filho do casal, Marc, deixaram a Europa em direção à América. Lá, ele conheceu Denyse Ouimet, que se tornaria sua segunda mulher. Em 1953, nasceu Marie-Jo, a única filha do autor, que acabaria se suicidando em 1978. Em 1955, a família retornou à Europa, estabelecendo-se na Suíça.

A década que se seguiu foi turbulenta: Denyse sofreu de problemas psiquiátricos que a levaram à internação, em 1962, e, em 1964, abandonou a recém-construída residência familiar, na cidade suíça de Épalinges. Em 1970, morreu a mãe de Simenon, com quem ele sempre tivera relações problemáticas, e nesse mesmo ano ele escreveu seu último *roman dur*, *Les Innocents*, além de *Maigret e o sumiço do sr. Charles*, o último romance protagonizado por Jules Maigret. A partir de 1973, Simenon ditou e escreveu apenas livros de memórias que, como seus textos autobiográficos, são vistos com reservas por muitos estudiosos de sua obra, no que diz respeito à veracidade dos fatos. Nos últimos anos, o escritor viveu recluso, fazendo aparições públicas apenas ocasionalmente, das quais a mais famosa foi a entrevista dada ao cineasta e amigo Federico Fellini, na qual afirmou ter mantido relações com dez mil mulheres. Morreu aos 86 anos, no dia 4 de setembro de 1989, em Lausanne.

Simenon, o mais emblemático caso de proficuidade literária do século XX, é autor de mais de duzentos romances (75 dos quais protagonizados pelo inspetor Maigret), 155 contos (trinta com Maigret) e 25 textos autobiográficos. Esses números são apenas aproximados, já que vários escritos foram publicados apenas em periódicos, sob até 29 pseudônimos. Dezenas de livros seus foram adaptados para a tevê, cinema e quadrinhos, e a sua venda mundial é estimada em 1,5 bilhão de exemplares, em mais de cinquenta línguas. Atestando a sua permanência literária e a excelência de sua ficção, foi recentemente eleito o segundo melhor autor de livros de mistério pelo jornal *The Times*, somente atrás de Patricia Highsmith.

SUMÁRIO

CAPÍTULO I

Certas imagens, sem razão, sem que queiramos, se agarram em nós, ficam de forma obstinada em nossa lembrança, embora mal tenhamos consciência de tê-las registrado e não correspondam a nada de importante. É assim que Maigret, anos mais tarde, poderia quem sabe reconstituir minuto por minuto, gesto por gesto, aquele fim de tarde sem história no Quai des Orfèvres.

Primeiro o relógio de pêndulo em mármore negro, com ornamentos de bronze, no qual seu olhar pousou quando ele marcava 18h18, o que significava que era um pouco depois das seis e meia. Em dez outras salas da Polícia Judiciária, tanto na do diretor quanto nas dos outros funcionários, havia relógios idênticos flanqueados de candelabros e, desde tempos imemoriais, eles também atrasavam.

Por que esse pensamento o impressionou nesse dia e não nos outros? Por um momento ele se perguntou para quantas administrações e ministérios um certo F. Ledent, cuja assinatura, em letras inglesas, figurava no mostrador descorado, fornecera outrora um lote desses relógios, e ele imaginou os expedientes, as intrigas, as propinas que haviam precedido tão importante negócio.

F. Ledent já morrera havia meio século, talvez um século, a julgar pelo estilo dos pêndulos.

A lâmpada do abajur verde estava acesa, pois era janeiro. No resto da casa havia também abajures semelhantes.

Lucas, de pé, colocava dentro de uma pasta amarelada os documentos que Maigret acabara de lhe passar.

– Deixo Janvier no Crillon?

– Não até muito tarde. Envie alguém esta noite para substituí-lo.

Tinha havido uma série de roubos de joias, um atrás do outro como sempre, nos hotéis luxuosos da Champs-Elysées, e em cada um fora montada uma vigilância discreta.

Maigret pressionou automaticamente uma campainha elétrica. O velho Joseph, o bedel com medalha de prata, não tardou a abrir a porta.

– Ninguém mais à minha procura? – perguntou o comissário.

– Com exceção da doida...

Não era importante. Havia meses que ela vinha duas ou três vezes ao Quai des Orfèvres, entrava sem dizer nada na sala de espera onde se punha a tricotar. Nunca se fizera anunciar. No primeiro dia, Joseph lhe perguntara quem desejava ver.

Ela sorrira com um ar malicioso, quase travesso, e respondera:

– O comissário Maigret me chamará quando tiver necessidade de mim...

Joseph lhe passara uma ficha, que ela preenchera com uma escrita regular como a de freira de convento. Chamava-se Clémentine Pholien e morava na Rue Lamarck.

Naquela ocasião o comissário fizera Janvier recebê-la.

– A senhora foi convocada?

– O comissário Maigret está a par.

– Ele lhe enviou uma convocação?

Ela sorria, miúda, graciosa apesar da idade.

– Não há necessidade de convocação.

– Tem algo a dizer a ele?

– Talvez.

– Ele está muito ocupado neste momento.

– Não tem importância. Eu espero.

Esperou até as sete da noite e foi embora. Voltou alguns dias mais tarde, com o mesmo chapéu malva, o mesmo tricô, e se instalou, como cliente habitual, na sala de espera envidraçada.

Foram obtidas algumas informações a seu respeito. Tivera por muito tempo uma mercearia em Montmartre e recebia uma pensão confortável. Os sobrinhos e sobrinhas haviam tentado várias vezes interná-la, mas o hospital psiquiátrico sempre a mandava embora, declarando que não era perigosa.

Onde ela pescara o nome de Maigret? Não o conhecia de vista, pois ele passara várias vezes diante da gaiola de vidro e ela, estando ali, não o reconhecera.

– Então, meu velho Lucas, encerremos o expediente!

Estavam encerrando cedo, em especial para um sábado. O comissário preparou um cachimbo, foi buscar o sobretudo, o chapéu e o cachecol no armário.

Ao passar diante da gaiola de vidro, desviou a cabeça por precaução e, no pátio, reencontrou a neblina um pouco amarela que baixara sobre Paris à tarde.

Nada o preocupava. Com a gola do sobretudo erguida, as mãos nos bolsos, contornou o Palácio da Justiça, passou pelo Quai de l'Horloge, atravessou a Pont-au-Change. Quando chegava à metade da ponte, teve a sensação de que alguém o seguia e virou-se de súbito. Os passantes eram numerosos nos dois sentidos. Quase todos, por causa do frio, caminhavam depressa. Teve quase certeza de que um homem vestido de preto, a uns dez metros dele, dava de repente meia-volta.

Não deu importância a isso. Aliás, era somente uma impressão.

Alguns minutos mais tarde esperou o ônibus na Place du Châtelet, achou um lugar na plataforma onde pôde continuar fumando seu cachimbo. Será que este tinha de fato um gosto especial? Teria jurado que sim. Talvez por causa da neblina, de uma certa qualidade do ar. Um gosto bastante agradável.

Não pensava em nada de específico, devaneava, olhando de modo vago as cabeças dos outros passageiros que sacolejavam.

Depois foi de novo à calçada, o Boulevard Richard-Lenoir quase deserto, as luzes, que reconheceu de longe, do seu apartamento. Subiu a escada familiar, distinguiu traços mais claros sob as portas, ouviu vozes abafadas, refrões conhecidos do rádio.

A porta se abriu, como de costume, antes que ele apertasse o botão, e a sra. Maigret, à contraluz, pôs misteriosamente um dedo sobre os lábios.

Ele a olhou, interrogativo, tentando ver atrás dela.

– Há alguém... – ela cochichou.

– Quem?

– Não sei... Um tipo esquisito...

– Que foi que ele disse?

– Que precisava urgente falar com você...

– Como é ele?

– Não saberia dizer, mas seu hálito cheira a álcool...

Ela havia preparado quiche lorraine para o jantar, ele sabia pelo aroma que emanava da cozinha.

– Onde ele está?

– Na sala.

Ela o ajudou a tirar o sobretudo, o chapéu e o cachecol. Pareceu-lhe que o apartamento estava menos iluminado que de costume, mas sem dúvida era só uma impressão. Alçando os ombros, ele empurrou a porta da sala onde, havia pouco mais de um mês, um aparelho de TV ocupava um lugar importante.

O homem, num canto, permanecera de pé, de sobretudo e com o chapéu na mão. Parecia impressionado e mal ousou olhar o comissário.

– Peço desculpas por tê-lo seguido até sua casa... – balbuciou.

Maigret logo notou seu lábio leporino e não se aborreceu de estar enfim frente a frente com o personagem.

– O senhor já foi ao Quai des Orfèvres para me ver, não foi?

– Sim, várias vezes...

– Chama-se... Deixe-me lembrar... Planchon...

– Léonard Planchon, isso mesmo...

E repetiu, cada vez mais humilde:

– Me desculpe...

Seu olhar deu a volta pela pequena sala, deteve-se na porta que ficara entreaberta, como se tivesse vontade de fugir mais uma vez. Quantas vezes lhe acontecera de ir embora sem ter encontrado o comissário?

Cinco, pelo menos. Sempre sábados à tarde. De modo que acabaram por chamá-lo de o cliente do sábado.

Parecia uma variante da história da doida. A Polícia Judiciária, como os jornais, atrai todo tipo de pessoas com um comportamento mais ou menos esquisito, e algumas acabam por ser conhecidas, seus rostos se tornam familiares.

– Primeiro lhe escrevi... – ele murmurou.

– Sente-se.

Pela porta envidraçada se via a mesa posta na sala de refeições, e o homem lançou um olhar para aquele lado.

– É a hora do jantar, não é?

– Sente-se – repetiu o comissário com um suspiro.

Logo hoje, que voltara mais cedo para casa, sua refeição ia atrasar, a quiche teria que esperar. E talvez perdesse o telejornal! Nas últimas semanas, ele e a mulher haviam se habituado a ver televisão enquanto comiam, o que mudara os lugares à mesa.

– Disse que me escreveu?

– Pelo menos dez cartas.

– Assinadas com seu nome?

– As primeiras não eram assinadas... Rasguei-as... Rasguei as outras também... Foi então que decidi vir vê-lo...

Maigret também reconhecia o cheiro de álcool, mas seu interlocutor não estava bêbado. Nervoso, com certeza. Os dedos entrecruzados se apertavam tanto que as falanges estavam lívidas. Só aos poucos ele ousou pousar o olhar no comissário, e era um olhar quase suplicante.

Que idade teria? Difícil dizer. Não era nem jovem nem velho. Dava a impressão de nunca ter sido jovem. Uns 35 anos?

Tampouco era fácil determinar a que categoria social pertencia. Suas roupas eram mal cortadas, mas de boa qualidade, suas mãos, muito limpas, as de um trabalhador manual.

– Por que rasgou as cartas?

– Tive medo de que o senhor me tomasse por louco...

E, levantando os olhos, acrescentou, tentando parecer convincente:

– Não sou louco, senhor comissário... Suplico que acredite que não sou louco...

Esse quase sempre é um mau sinal, no entanto Maigret já estava em parte convencido. Ele ouvia a mulher andando de um lado para o outro na cozinha. Ela devia ter retirado a quiche do forno, uma quiche que agora, de qualquer modo, já não seria tão apetitosa.

– Então me escreveu várias cartas... A seguir foi até o Quai des Orfèvres... Num sábado, estou certo?...

– É o único dia em que estou livre...

– O que faz na vida, sr. Planchon?

– Sou empreiteiro de pintura... Muito modesto!... Na época de mais trabalho, chego a empregar cinco ou seis operários...

Por causa do lábio leporino, era difícil saber se ele sorria timidamente ou se fazia uma careta. Os olhos eram de um azul muito claro, os cabelos louros puxavam para o ruivo.

– Essa primeira visita data de cerca de dois meses... Escreveu na ficha que desejava me ver em pessoa... Por quê?

– Porque só confio no senhor... Li nos jornais que...

– Certo! Naquele sábado, em vez de esperar, partiu depois de uns dez minutos...

– Tive medo...

– De quê?

– Disse a mim mesmo que o senhor não me levaria a sério... Ou então que me impediria de fazer o que eu tinha em mente.

– Mas voltou no sábado seguinte...

– Sim...

Maigret estava em reunião, naquele dia, com o diretor e dois outros funcionários. Quando saiu, uma hora mais tarde, a sala de espera estava vazia.

– Continuava com medo?

– Eu não sabia mais...

– O que é que não sabia mais?

– Se ainda tinha vontade de ir até o fim...

Ele passou a mão na testa.

– É tão complicado!... Veja, há momentos em que perco o pé...

Uma outra vez Maigret lhe enviara Lucas. O homem recusou confiar-lhe o objeto da visita, afirmando que era pessoal, e literalmente fugira.

– Quem lhe deu meu endereço?

– Eu o segui... No sábado passado, por pouco não o abordei na rua, depois decidi que não era um lugar propício para uma conversa como a que eu gostaria de ter com o senhor... Em seu escritório também não... Talvez compreenda...

– Como soube, esta noite, que eu voltaria para casa?

E Maigret lembrou de repente a sensação na Pont-au-Change.

– Seguiu-me na rua, não é verdade?

Planchon fez que sim com a cabeça.

– Acompanhou-me até o ônibus?

– Exato... Então peguei um táxi e cheguei aqui alguns minutos antes do senhor...

– Está com problemas, sr. Planchon?

– Pior do que problemas.

– Quantas doses bebeu antes de vir?

– Duas... Talvez três... Antes eu não bebia, só um copo de vinho nas refeições...

– E agora?

– Depende dos dias... Ou melhor, das noites, pois não bebo durante o dia... Se há pouco bebi três conhaques, foi para me dar coragem... Está zangado comigo?

Maigret fumava lentamente o cachimbo sem tirar os olhos do interlocutor, tentando formar uma opinião. Ainda não conseguira. Adivinhava em Planchon um lado patético que o confundia. Este dava a impressão de uma paixão contida, de uma aflição esmagadora e, ao mesmo tempo, de uma extraordinária paciência.

Adivinhava, e poria a mão no fogo por isso, que esse homem tinha poucos contatos com seus semelhantes e que tudo, nele, se passava no interior. Havia dois meses que era atormentado pela necessidade de falar. Sábado após sábado, tentara se apresentar diante do comissário e toda vez se furtara no último momento.

– E se simplesmente me contasse sua história?

Novo olhar à sala de refeições, onde dois pratos e talheres estavam à frente da televisão.

– Fico envergonhado de atrasar sua refeição... Será longo... Sua mulher ficará zangada comigo... Olhe!... Se permitir, ficarei aqui enquanto come... Ou então voltarei daqui a pouco... Isso mesmo! Voltarei daqui a pouco...

Fez menção de levantar-se, e o comissário o obrigou a permanecer no seu lugar.

– Não, sr. Planchon!... Dessa vez está aqui, não é mesmo?... Diga-me o que o perturba... Diga, cara a cara, o que escreveu em todas essas cartas que rasgou...

Então, de súbito, fixando o tapete com ramagens vermelhas, o homem balbuciou:

– Quero matar minha mulher...

Seu olhar se ergueu em seguida para o rosto do comissário que, não sem dificuldade, conseguira não se mexer.

– Tem a intenção de matar sua mulher?

– É preciso!... Não há outro jeito... Não sei como explicar... Todas as noites me digo que isso acontecerá, que é impossível não acontecer um dia ou outro... Então pensei que, se eu lhe deixasse a par...

Tirando um lenço do bolso, ele enxugou as lentes dos óculos, buscando as palavras, e Maigret notou que um botão do casaco pendia na ponta do fio.

Apesar da emoção, Planchon surpreendeu esse breve olhar e sorriu ou fez um careta.

– É... Isso também... – disse com a ponta dos lábios. – Ela nem mais sequer finge...

– Finge o quê?

– Cuidar de mim... Ser minha esposa...

Estava arrependido de ter vindo? Ele se agitava na cadeira, olhava às vezes a porta como se fosse de repente se precipitar para a rua.

– Pergunto-me se não cometi um erro... No entanto o senhor é o único homem no mundo em quem confio... Parece-me que o conheço há muito tempo... Estou quase certo de que compreenderá...

– Está com ciúmes, sr. Planchon?

Os dois olhares se encontraram, frente a frente. Maigret acreditou ler uma total franqueza nos olhos do interlocutor.

– Acho que não estou mais... Tive ciúmes... Agora já passou...

– E mesmo assim quer matá-la?

– Porque não há outra solução... Então eu disse a mim mesmo que, se o avisasse, por carta ou de viva voz... Primeiro seria mais honesto... Além disso, talvez assim eu mudasse de ideia... O senhor compreende?... Não! Quem não conhece Renée não poderá compreender... Perdoe-me se me confundo... Renée é minha mulher... Minha filha, ela se chama Isabelle... Tem sete anos... É tudo o que me resta no mundo... O senhor não tem filhos, não é mesmo?...

Olhou de novo ao redor como para se certificar de que não havia brinquedos ou as inúmeras coisinhas que revelam a presença de uma criança na casa.

– Eles querem tomá-la de mim também... Fazem tudo para isso, não escondem... Eu queria que o senhor visse como me tratam... Acha que tenho a mente perturbada?

– Não.

– Veja que seria melhor se fosse assim... Me prenderiam de imediato... Como me prenderão se eu matar minha mulher... Ou se o matar, a ele... Para fazer direito, deveria matar os dois... Mas nesse caso, estando eu preso, quem cuidará de Isabelle?... Percebe o problema?...

"Considerei planos complicados... Uns dez, pelo menos, que a cada vez preparei de modo minucioso... Tratava-se de não me fazer prender... Teriam pensado que os dois haviam partido... Li num jornal que milhares de mulheres desaparecem todo ano em Paris e que a polícia não se dá ao trabalho de procurá-las... Com mais razão ainda, se ele tivesse desaparecido junto com ela...

"Veja! Em certo momento escolhi mesmo o lugar onde esconderia os corpos... Trabalhava num canteiro de obras, logo acima de Montmartre... Ali é produzido concreto de cimento... Eu os transportaria à noite na minha caminhonete e ninguém jamais os encontraria..."

Ele se excitava, falava agora com certa loquacidade, espiando a todo momento as reações do comissário.

– Já aconteceu de alguém lhe confessar a intenção de matar a esposa ou outra pessoa qualquer?

Foi tão inesperado que Maigret se surpreendeu em buscar na memória.

– Não dessa maneira... – ele acabou por admitir.

– O senhor acha que minto, que invento uma história para me tornar interessante?

– Não.

– Acredita que tenho mesmo vontade de matar minha mulher?

– É certo que teve essa intenção.

– E que a realizarei?

– Não.

– Por quê?

– Porque veio me ver.

Planchon se ergueu, nervoso demais, crispado demais para ficar sentado. Levantou os braços em direção ao teto.

– Eis aí o que me digo também!... – ele quase soluçou. – É a razão pela qual sempre fui embora antes de ser recebido... E é a razão pela qual eu tinha necessidade de lhe falar... Não sou um criminoso... Sou um homem honesto... No entanto...

Maigret também se levantou, foi pegar o licor de ameixa e serviu um copo ao visitante.

– O senhor não vai beber? – este murmurou, envergonhado.

E depois, olhando a sala de refeições:

– É verdade que ainda não jantou... E eu falando à toa... Gostaria de lhe explicar de uma só vez e não sei por onde começar...

– Prefere que eu lhe faça perguntas?

– Talvez seja mais fácil...

– Sente-se.

– Vou tentar...

– Há quanto tempo é casado?

– Oito anos.

– Vivia sozinho?

– Sim... Sempre vivi sozinho... Desde que minha mãe morreu, quando eu tinha quinze anos... Morávamos na Rue Picpus, não longe daqui... Ela era faxineira...

– E seu pai?

Ele ficou um pouco corado.

– Não o conheci...

– Passou a trabalhar como aprendiz?

– Sim... Tornei-me pintor... Tinha 26 anos quando meu patrão, que morava na Rue Tholozé, ficou sabendo que tinha uma doença cardíaca e decidiu se mudar para o campo...

– Comprou a oficina dele?

– Eu tinha economias, não gastava quase nada... Mesmo assim levei seis anos para pagar...

– Onde conheceu sua mulher?

– O senhor conhece a Rue Tholozé, que sai na Lepic, bem defronte ao Moulin de la Galette? É uma rua sem saída, que termina numa escadaria de alguns degraus... Moro ao pé dessa escadaria, numa casa que tem um pátio, o que é prático para guardar os materiais de trabalho.

Ele se acalmava. A fala tornava-se mais regular, monótona.

– Na metade da rua, à esquerda de quem sobe, há uma espécie de bailão, o Bal des Copains, onde às vezes eu passava uma ou duas horas no sábado à noite...

– Dançava?

– Não. Sentava num canto, pedia uma limonada, pois ainda não bebia, escutava a música e olhava os casais...

– Tinha namoradas?

Ele respondeu pudicamente:

– Não...

– Por quê?

Sua mão levantou-se até o lábio.

– Não sou bonito... As mulheres sempre me intimidaram... Penso que meu defeito deve lhes inspirar uma aversão...

– E então conheceu uma que se chamava Renée...

– Sim... havia muita gente naquela noite... Puseram-nos na mesma mesa... Eu não ousava dirigir a palavra a ela, que estava tão intimidada quanto eu... Via-se que não estava habituada...

– A bailes?

– A bailes e a tudo mais em Paris... Ela acabou por falar comigo, e eu soube que fazia só um mês que chegara na cidade... Perguntei-lhe de onde era... Vinha de Saint-Sauveur, perto de Fontenay-le-Comte, na Vendeia, que é justamente o vilarejo de minha mãe... Quando eu era criança, fui com ela várias vezes até lá visitar tios e tias... Foi o que facilitou as coisas... Citávamos nomes que ambos conhecíamos...

– O que Renée fazia em Paris?

– Trabalhava numa leiteria da Rue Lepic...

– Era mais moça do que você?

– Tenho 36 anos e ela 27... São quase dez anos de diferença... Na época ela tinha apenas 18...

– Casaram-se em seguida?

– Depois de dez meses... Logo tivemos uma filha, Isabelle... Durante o tempo em que minha mulher estava grávida, eu tinha muito medo...

– De quê?

Ele mostrou mais uma vez seu lábio leporino.

– Disseram-me que é hereditário... Graças a Deus minha filha é normal... Ela se parece com a mãe, mas herdou meus cabelos louros e meus olhos claros...

– Sua mulher é morena?

– Como muitas na Vendeia, por causa dos marinheiros portugueses, parece, que vinham ali pescar...

– E agora quer matá-la...

– Não vejo outra solução... Éramos felizes, os três... Renée talvez não fosse uma boa dona de casa, mas eu não me importava... Ela passou a infância numa cabana, num brejo, onde ninguém se preocupava com ordem e limpeza. Lá, no inverno, a água às vezes invade as peças...

– Conheço...

– Já esteve lá?

– Sim.

– Com frequência era eu que arrumava a casa, depois do trabalho... Naquela época ela gostava muito de ir ao cinema, deixando Isabelle, à tarde, com a zeladora...

Falava sem amargura.

– Eu não me queixava. Não devo esquecer que ela foi a primeira mulher a me olhar como um homem normal... Compreende isso também, não é?

Ele não ousava mais se virar para a sala de refeições.

– E eu impedindo o senhor de jantar!... O que sua esposa vai pensar?

– Continue... Durante quantos anos foram felizes?

– Deixe-me ver... Nunca contei... Nem sei de forma exata quando tudo começou... Eu tinha um pequeno negócio que ia bem... Gastava o que ganhava para arrumar a casa, modernizá-la, instalar uma bela cozinha... Se for até lá... Mas o senhor não irá... O que estou querendo dizer...

Apertou de novo os dedos cobertos de pelos ruivos.

– O senhor não deve conhecer a profissão... Em certas épocas temos muito trabalho e em outras quase nenhum... É difícil conservar os mesmos funcionários... Com exceção do velho Jules, que chamamos Pépère, e que já trabalhava para meu ex-patrão, tive de mudá-los quase todos os anos...

– Até o dia...

– Até o dia em que esse tal Roger Prou apareceu... É um homem esbelto, robusto, esperto, que conhece seu ofício... No início fiquei encantado de contar com um ajudante como ele, em quem podia confiar inteiramente nas obras...

– Ele passou a cortejar sua mulher?

– Para falar a verdade, acho que não... Mulheres, ele podia tê-las quantas quisesse, às vezes até mesmo clientes... Não posso dizer nada, pois no começo não notei nada, mas tenho quase certeza de que foi Renée que começou... Eu a compreendo um pouco... Não apenas tenho esse defeito nos lábios, como não sou o tipo de homem com quem uma mulher possa se divertir...

– O que está querendo dizer?

– Nada... Não sou um cara divertido... Não gosto muito de sair... Meu prazer à noite é ficar em casa e, aos domingos, passear com minha mulher e minha filha... Durante meses não suspeitei de nada... Quando estávamos numa obra, Prou dava às vezes um pulo até a Rue Tholozé para buscar material... Um dia voltei para casa de improviso, faz dois anos, e encontrei minha filha sozinha na cozinha... Ainda me lembro dela, sentada no chão... Perguntei:

"– Onde está mamãe?

"E ela respondeu, apontando o quarto de dormir:

"– Ali!

"Tinha então apenas cinco anos de idade. Eles não tinham me ouvido chegar, e os surpreendi seminus. Prou pareceu aborrecido. Quanto à minha mulher, ela me olhou bem de frente:

"– Bem, agora já sabe!... – falou."

– E o que você fez?

– Saí... Não sabia para onde ir nem quais eram minhas intenções. Acabei parando num bar, onde me embriaguei pela primeira vez na vida. Pensava sobretudo na minha filha, prometi buscá-la, repetindo a mim mesmo:

"– Ela é minha filha, eles não têm o direito de ficar com ela!...

"Depois, tendo vagado durante parte da noite, voltei para casa, me sentia muito mal. Minha mulher me observou com um olhar duro e, quando vomitei no carpete, resmungou:

"– Você me dá nojo...

"É isso! Foi assim que tudo começou... Na véspera eu era um homem feliz... De repente..."

– Onde está Roger Prou?

– Na Rue Tholozé – balbuciou Planchon, baixando a cabeça.

– Há dois anos?

– Sim, mais ou menos...

– Ele vive com sua mulher?

– Vivemos os três juntos...

Limpou de novos as lentes dos óculos, e suas pálpebras tremiam.

– Isso lhe parece inacreditável?

– Não.

– Acha que fui incapaz de deixá-la?

– De deixar sua mulher?

– No começo, foi por ela que fiquei. Agora não sei mais. Acho que foi apenas por minha filha, mas talvez esteja enganado... Veja, pareceu-me impossível viver sem Renée, ficar de novo sozinho... E eu não tinha o direito de mandá-la embora... Eu é que a havia tomado, suplicado que casasse comigo... Era eu o responsável, não?

Ele fungou, olhou de soslaio a garrafa de licor. Maigret serviu-lhe uma segunda dose, que ele esvaziou num trago.

– O senhor vai achar que sou um bêbado... E é verdade que quase me tornei um... À noite eles não querem me ver na casa, por pouco não me põem porta afora... Não imagina o quanto são maus comigo...

– Prou se instalou em sua casa a partir do dia em que os surpreendeu?

– Não... Não imediatamente... No dia seguinte, de manhã, fiquei surpreso ao vê-lo retomar o trabalho como se nada tivesse acontecido... Não ousei interrogá-lo sobre suas intenções... Tinha medo de perdê-la, como eu lhe disse... Não sabia mais onde era o meu lugar... Me resignei... Tinha certeza de que eles continuavam a se ver e em breve não tomaram mais precauções... Eu é que hesitava em voltar para casa, fazia ruído para anunciar minha presença...

"Uma noite ele ficou para jantar... Era o dia do aniversário dele, e Renée havia preparado uma refeição especial... Havia uma garrafa de champanhe na mesa... Na hora da sobremesa, minha mulher me perguntou:

"– Não vai dar uma volta? Não compreende que nos estorva?...

"E eu saí, fui beber... Fazia-me perguntas, tentava responder a elas, contava-me histórias... Juro que não pensava ainda em matá-los!... Diga-me que acredita, sr. comissário... Diga-me que não me toma por um louco... Diga-me que não sou uma pessoa repulsiva, como minha mulher afirma..."

A silhueta da sra. Maigret passava e tornava a passar atrás da porta envidraçada da sala de refeições. Planchon gemeu:

– Estou impedindo-o de jantar... Sua esposa ficará zangada... Por que não vai comer?

De qualquer modo, era tarde demais para o telejornal.

CAPÍTULO II

Por duas ou três vezes, Maigret fora tentado a se beliscar para ter certeza de que a figura que gesticulava diante dele era real, que a cena era verdadeira, que os dois faziam parte da vida.

Parecia um homem banal, um dos milhões de trabalhadores anônimos que roçamos todo dia no metrô, no ônibus, nas calçadas, que se dirigem com pudor e dignidade sabe lá a que tarefa e a que destino. Paradoxalmente, o lábio leporino o tornava mais impessoal, como se esse defeito desse a seus portadores uma mesma fisionomia.

Por um segundo o comissário se perguntou se Planchon não escolhera de propósito, por uma astúcia quase diabólica, vir esperá-lo no Boulevard Richard-Lenoir em vez de ser recebido na sala banal do Quai des Orfèvres. Não fora mais por intuição que ele havia abandonado várias vezes a sala de espera envidraçada, com as paredes ornadas de fotografias de policiais mortos em serviço?

Na Polícia Judiciária, onde ouvira milhares de confissões, onde forçara tanta gente a fazer declarações difíceis, Maigret teria visto seu visitante numa espécie de luz fria.

Aqui, era sua casa, sua atmosfera familiar, com a presença da sra. Maigret, ao lado, o cheiro do jantar que esperava, os móveis, os objetos, os menores reflexos de luz, tudo em seu lugar desde anos e anos. Bastava transpor a porta e tudo aquilo o envolvia como uma velha blusa que se veste ao chegar em casa, e ele estava tão habituado ao cenário que sentia ainda como uma presença estranha, depois de um mês, esse aparelho de TV colocado defronte à porta envidraçada da sala de refeições.

Seria ele capaz, nesse ambiente, de conduzir um interrogatório tão lúcido e indiferente como em sua sala na P.J., um daqueles interrogatórios que duravam às vezes horas, às vezes a noite inteira, e que o deixavam tão exausto quanto seu interlocutor?

Pela primeira vez ao longo de sua carreira, um homem vinha vê-lo, após ter hesitado durante semanas a fio, após tê-lo seguido na rua, após ter-lhe escrito, dizia, e rasgado várias cartas, após ter ficado horas na sala de espera; um homem, sem nada de especial no modo de vestir nem no aspecto, introduzira-se em sua casa, humilde e obstinado ao mesmo tempo, para lhe declarar basicamente isto:

– *Minha intenção é matar duas pessoas, minha mulher e seu amante. Preparei tudo para essa finalidade, considerei os menores detalhes para não ser preso...*

Ora, em vez de reagir com ceticismo, Maigret o escutava com uma atenção apaixonada e não perdia o menor movimento da sua fisionomia. Apenas pensava um pouco no programa de variedades que prometera ver essa noite na televisão ao lado da mulher, pois para ambos tudo aquilo ainda era novidade e o que passava na telinha os fascinava.

E mais: quase chegou a propor, no momento em que o homem apontava a sra. Maigret indo e vindo na sala de refeições:

– Coma alguma coisa conosco...

Porque ele tinha fome e sentia que a conversa seria longa. Tinha necessidade de saber mais, de fazer perguntas, de certificar-se de que não se enganava.

Duas ou três vezes o interlocutor lhe perguntara, roído de angústia:

– O senhor não me julga um louco, julga?

Ele pensou nessa hipótese também. Há numerosos graus de loucura, sabia por experiência, e a ex-dona de mercearia que vinha tricotar sorrindo na sala de espera, aguardando que ele tivesse necessidade dela, era um exemplo.

Os alcoólatras mergulham num mundo próprio, que se assemelha ao mundo verdadeiro, mas com uma certa diferença que nem sempre é fácil descobrir. E eles também são sinceros.

Todas essas ideias lhe passaram pela cabeça enquanto escutava, mas ele não estava satisfeito com nenhuma. Buscava compreender mais, mergulhando no universo assombroso de Planchon.

– Foi assim que comecei a me sentir inútil... – este disse, sempre mirando-o com os olhos claros. – Não sei como explicar. Eu a amava, acho que ainda a amo. Sim, estou quase certo de que ainda a amo e de que continuarei a amá-la, mesmo se devo matá-la.

"Com exceção de minha mãe, foi a única pessoa que se interessou por mim sem se preocupar com meu defeito...

"Além disso, é minha mulher... Não importa o que faça, é minha mulher, não é verdade?... Ela me deu Isabelle, carregou-a no seu ventre... O senhor não imagina os meses que vivi quando ela estava grávida... Chegava a ajoelhar-me diante dela agradecendo-a por... Não encontro as palavras... Havia algo da minha vida na dela, compreende?... E Isabelle é um pouco a vida de nós dois...

"Antes eu vivia sozinho... Ninguém se ocupava de mim, ninguém me esperava à noite... Eu trabalhava sem saber por quê...

"De repente ela passou a ter um amante e mal pude odiá-la por isso... Ela é jovem, bonita...

"Ele, Roger Prou, é mais forte do que eu... É como um animal que respira força e saúde..."

A sra. Maigret, resignada, havia voltado para a cozinha. Maigret enchia lentamente um novo cachimbo.

– Eu disse um monte de coisas para mim mesmo... Sobretudo que aquilo não duraria, que ela voltaria de novo para mim, que compreenderia que estamos ligados um ao outro, não importa o que fizesse... Eu o aborreço?

– Não. Continue.

– Não sei muito bem o que digo... Acho que nas minhas cartas isso era mais claro. E muito menos longo...

"Se eu frequentasse ainda a igreja, como quando minha mãe vivia, é certo que teria ido me confessar... Não lembro mais como foi que pensei no senhor... No início achei que não teria a coragem de vir vê-lo...

"Agora que estou aqui, gostaria de dizer tudo de uma só vez... Juro que, se falo tanto, não é porque bebi... Preparei cada uma de minhas frases...

"Onde é mesmo que eu estava?"

Os olhos pestanejavam, e a mão brincava com um pequeno cinzeiro de cobre que ele, de modo inconsciente, pegara numa mesinha de canto.

– Na noite do aniversário de Prou, eles o puseram porta afora...

– Não exatamente porta afora, eles sabiam que eu voltaria... Mandaram-me dar uma volta a fim de passarem a noite a sós...

– Ainda esperava que fosse só um caso passageiro?

– O senhor me acha ingênuo?

– O que aconteceu depois?

Ele suspirou, sacudiu a cabeça como um homem que não consegue mais seguir o fio de suas ideias.

– Tanta coisa!... Alguns dias depois do aniversário, quando cheguei em casa, por volta de duas ou três da madrugada, encontrei uma cama dobrável armada na sala de jantar... Entreabri a porta do quarto... Os dois estavam em nossa cama e dormiam, ou fingiam dormir...

"O que podia fazer? Roger Prou é mais forte do que eu... Além do mais, eu não estava muito firme nas pernas, com certeza ele seria capaz de me bater...

"E também não queria que Isabelle despertasse... Ela ainda não compreende... A seus olhos, continuo sendo o pai...

"Dormi na sala e, quando eles se levantaram de manhã, eu já estava na oficina...

"Meus funcionários me olharam com um ar de troça. Apenas o velho Jules, o que chamamos Pépère e que tem os cabelos brancos, teve uma outra atitude. Ele já trabalhava ali antes de mim, acho que já lhe disse. Trata-me com intimidade. Foi me procurar no fundo da oficina e resmungou:

"– Escute, Léonard, está na hora de você botar essa mulher na rua... Se não fizer isso agora, vai ser uma catástrofe.

"Ele compreendeu que eu não tinha coragem. Olhou-me nos olhos, com uma das mãos no meu ombro, e acabou por suspirar:

"– Eu não sabia que estava tão doente assim...

"Eu não estava doente. Apenas continuava a amá-la, a precisar dela, de sua presença, mesmo se deitava com outro...

"Peço que me responda com franqueza, sr. Maigret..."

Não disse sr. comissário, como teria feito no Quai des Orfèvres, mas sr. Maigret, parecendo sublinhar que era o homem, não o policial, que ele viera ver.

– Já encontrou casos como o meu?...

– Pergunta se outros homens ficaram com sua mulher sabendo que esta tinha um amante?

– É um pouco isso...

– Há muitos.

– Mas suponho que lhes deixam um lugar em casa, que pelo menos fingem contar com eles para alguma coisa... No meu caso, não! Há dois anos eles me expulsam lentamente... Mal colocam ainda um prato à mesa para mim... Não é Prou o estranho, sou eu... Durante a refeição, falam entre si, riem, dirigem-se à minha filha como se eu fosse apenas um fantasma...

"Aos domingos pegam a caminhonete para ir passear no campo... No começo eu ficava com Isabelle e encontrava sempre um meio de diverti-la...

"Será que, sem Isabelle, eu teria partido? Não sei...

"Em todo caso, agora minha filha vai com eles na maioria das vezes, porque é mais agradável passear de carro...

"Já pensei em todas as questões possíveis, não somente à noite, quando bebo alguns tragos, mas de manhã e durante o dia, enquanto trabalho... Pois continuo a trabalhar muito...

"Questões sentimentais e também questões práticas... Cheguei mesmo a procurar um advogado, há três meses... Não lhe disse tanto quanto digo ao senhor, pois tive a impressão de que ele mal me escutava e de que eu o impacientava.

"– Em suma, o que o senhor quer? – ele me perguntou.

"– Não sei.

"– O divórcio?

"– Não sei. Quero acima de tudo ficar com minha filha.

"– Tem provas do mau comportamento da sua mulher?

"– Estou lhe dizendo que toda noite durmo numa cama de armar, enquanto os dois dormem no meu quarto...

"– Será necessário fazer constatar isso pelo delegado de polícia... Sob que regime é casado?

"Ele me explicou que, por não termos assinado um contrato de casamento, éramos casados, Renée e eu, sob o regime de comunhão de bens, o que significa que minha empresa, minha casa, meus móveis, tudo o que tenho, inclusive as roupas que trago no corpo, pertencem tanto a ela quanto a mim...

"– E minha filha? – insisti. – Pelo menos me darão minha filha?

"– Depende. Se o mau comportamento ficar provado e se o juiz..."

Cerrou os dentes.

– Ele me disse outra coisa... – retomou após um instante. – Antes de ir vê-lo, como antes de vir até aqui, eu havia bebido um ou dois tragos, para me dar coragem... Ele logo observou, compreendi pela maneira como me tratava...

"– O juiz decidirá qual dos dois é o mais capaz de dar à menina uma existência normal...

"E foi o que a minha mulher me disse com outras palavras.

"– O que está esperando para ir embora? – ela me repetiu várias vezes. – Não tem nenhuma dignidade? Não compreende que está sobrando aqui?

"Respondi a ela, firme:

"– Nunca abandonarei minha filha...

"– Ela é minha também, não? Acha que eu a deixaria partir com um bêbado como você?

"Não sou um bêbado, sr. Maigret. Suplico que creia em mim, apesar das aparências. Antes eu nunca bebia, nem mesmo um traguinho de vez em quando. Mas o que posso fazer à noite, sozinho nas ruas?

"Habituei-me a entrar em botecos, a me apoiar no balcão, para sentir pessoas ao redor, para ouvir algumas frases, vozes humanas...

"Bebo uma ou duas doses... Fico pensando... E isso me força a beber mais uma, depois outra...

"Tentei parar, mas me senti tão mal que deu vontade de me jogar no Sena... Pensei várias vezes nisso... É a solução mais fácil... O que me detém é Isabelle... Não quero deixá-la com eles... Só de pensar que um dia ela o chamará de papai..."

Agora ele chorava e, sem falsa vergonha, tirou o lenço do bolso, enquanto Maigret continuava a olhá-lo fixamente.

Havia uma diferença, é certo. Por causa do álcool ou não, o homem se exaltava, mergulhava deliberadamente no desespero.

Do estrito ponto de vista policial, nada havia a fazer. Ele não era culpado de nada. Tinha a intenção de matar a mulher e o amante, pelo menos é o que afirmava. Mas não havia sequer comunicado essa intenção a eles, de modo que não se podia falar de ameaça de morte.

No plano legal, o comissário poderia apenas lhe dizer:

– Volte depois...

Quando fosse enfim um culpado! E poderia acrescentar, sem muito receio de engano:

– Se contar sua história aos jurados como acaba de me contar e se tiver um bom advogado, é provável que será absolvido...

Era a solução que Planchon viera, de certo modo, lhe mendigar? Foi o que Maigret suspeitou, por alguns segundos. Ele não gostava dos homens que choram. Desconfiava dos que se confessam com demasiada complacência. E a demonstração de sentimentos exaltados pelo álcool não deixava de irritá-lo.

Já perdera seu jantar, seu programa na TV. Planchon não dava sinais de querer ir embora, parecia também apreciar a atmosfera cálida do apartamento. Aconteceria com ele como com esses cães perdidos que afagamos de passagem e dos quais, a seguir, não conseguimos nos livrar?

– Desculpe... – balbuciou Planchon enxugando os olhos. – Devo parecer ridículo... É a primeira vez na vida em que me confesso a alguém...

Maigret teve vontade de lhe responder:

– Por que a mim?

Porque os jornais haviam falado demais dele e porque os repórteres lhe haviam criado a reputação de um policial humano, capaz de tudo compreender.

– Há quanto tempo – perguntou – me escreveu a primeira carta?

– Faz mais de dois meses... Foi num pequeno café da Place du Tertre...

Nessa época se falou muito de Maigret, por ocasião de um crime cometido por um jovem de dezoito anos.

– E a seguir escreveu uma dezena de cartas, todas elas rasgadas... Isso no espaço de uma semana mais ou menos...

– Mais ou menos... Cheguei a escrever duas ou três na mesma noite para rasgá-las na manhã seguinte...

– Então, durante seis ou sete semanas, veio todo sábado ao Quai des Orfèvres...

Com sua maneira de anunciar-se, de esperar na gaiola de vidro e de desaparecer antes de ser recebido, ele se tornou um personagem quase tão lendário quanto a ex-dona de mercearia com seu tricô. Foi Janvier ou Lucas que o batizou de cliente do sábado?

Ora, durante esse tempo, Planchon não pusera em execução sua ameaça. Voltara toda noite à Rue Tholozé, deitara-se na cama de armar para ser o primeiro a se levantar de manhã e retomar seu trabalho como se nada houvesse.

O homem, no entanto, era mais sutil do que se poderia supor.

– Adivinho o que está pensando... – ele murmurou com melancolia.

– O que estou pensando?

– Que aceito essa situação há dois anos. Que, de dois meses para cá, falo de matar minha mulher ou de matar os dois...

– E aí?

– Já que ainda não o fiz... Confesse que é isso!... O senhor diz a si mesmo que nunca terei a coragem de fazer...

Maigret sacudiu a cabeça.

– Não é preciso coragem alguma para matar... O assassinato está ao alcance de qualquer imbecil...

– E quando não há outra saída?... Ponha-se no meu lugar... Eu tinha um pequeno negócio, uma mulher, uma filha... Tomam tudo de mim... Não apenas a mulher e a filha, mas meu ganha-pão... Eles nunca falam em ir embora... No espírito deles, eu é que estou sobrando e, portanto, eu é que devo partir... É o que tento fazer o senhor compreender...

"Veja! Mesmo com os clientes... Foi acontecendo aos poucos... Prou era apenas um de meus funcionários, um operário inteligente e trabalhador, reconheço... Ele tem mais lábia do que eu... Também sabe lidar melhor do que eu com os clientes e principalmente com as clientes...

"Sem que eu me desse conta, ele passou a figurar como patrão e, quando as pessoas telefonam para agendar um trabalho, é quase sempre com ele que querem falar... Se eu desaparecesse amanhã, mal perceberiam minha ausência... Será que só minha filha sentiria falta de mim?... Nem isso é certo... Ele é mais divertido que eu, conta histórias para ela, canta-lhe canções, carrega-a nos ombros..."

– Como sua filha o chama?

– Chama-o de Roger, como faz minha mulher... Ela não se surpreende que os dois durmam no mesmo quarto... Durante o dia, dobram minha cama portátil e a põem dentro do armário, como se minha presença fosse insignificante... Mas já tomei tempo demais do senhor. Gostaria de pedir perdão à sua esposa, que deve estar chateada comigo...

Desta vez foi Maigret que, obstinado em querer compreender, não o deixou partir.

– Escute-me, sr. Planchon...

– Eu o escuto...

– Há dois meses procura se aproximar de mim para dizer, em suma:

"– Tenho a intenção de matar minha mulher e seu amante...

"É isso, não?"

– É.

– Há dois meses vive todos os dias com esse pensamento...

– Sim... Não há outra coisa que...

– Só um instante!... Suponho que não espera que eu lhe diga:

"– Então faça isso!"

– O senhor não deve ter esse direito.

– Mas acredita que concordo com seu ponto de vista...

Um breve lampejo nos olhos do interlocutor lhe indicou que não estava longe da verdade.

– Das duas, uma... Desculpe-me se falo assim... Ou não tem a intenção de matar quem quer que seja, mas são só veleidades, sobretudo depois de beber...

Planchon balançou, triste, a cabeça.

– Deixe-me terminar... Ou então, eu dizia, não está realmente decidido e procura que alguém o faça desistir...

O homem voltava sempre a seu eterno argumento:

– Não há outra coisa a fazer...

– Espera que eu encontre uma solução?

– Não existe nenhuma.

– Bem, digamos que essa hipótese seja inexata... Vejo apenas uma outra... Você elaborou realmente o projeto de matar sua mulher e o amante dela... Foi tão longe a ponto de considerar o lugar onde esconderia os corpos...

– Pensei em tudo...

– No entanto veio me procurar, a mim que tenho por tarefa prender os criminosos...

– Eu sei...

– O que é que sabe?

– Que não parece lógico...

Por seu ar obstinado, percebia-se mesmo assim que se apegava àquela ideia. Ele iniciara na vida sem dinheiro, sem recursos, sem muita instrução. Pelo que Maigret podia julgar, era de uma inteligência bastante medíocre.

Sozinho em Paris após a morte da mãe, conseguira, no entanto, à força de obstinação, tornar-se em alguns anos o dono de uma pequena empresa próspera.

Podia-se dizer que esse homem não concatenava suas ideias? Mesmo se passou a beber?

– Falou-me há pouco de confessar-se... Disse que, se tivesse continuado a praticar a religião, teria ido confiar-se a um padre...

– Creio que sim...

– O que acha que esse padre lhe teria dito?

– Não sei... Suponho que tentaria me desviar do meu projeto...

– E eu?

– O senhor também...

– Deseja então que alguém o detenha, que o impeça de fazer uma besteira...

Planchon pareceu de repente desamparado. Um pouco antes, ele olhava Maigret ainda com confiança, com esperança. Agora era como se não falassem mais a mesma língua, como se todas as palavras trocadas até então fossem vazias.

Ele sacudiu a cabeça, e havia como uma censura nos olhos, uma decepção. Murmurou em voz baixa:

– Não é isso...

Talvez estivesse a ponto de pegar seu chapéu e partir, lamentando essa visita inútil.

– Um instante, Planchon... Tente me escutar, em vez de seguir seu próprio pensamento...

– Estou tentando, sr. Maigret.

– Que benefício, que reconforto lhe traria sua confissão a um padre?

Sempre num murmúrio, ele respondeu:

– Não sei...

Estava ainda presente, mas sem estar de fato. Já começava a se fechar, a não ouvir mais a voz do comissário, que lhe chegava como as vozes anônimas nos botecos aonde ia à noite.

– Teria matado mesmo assim, depois?

– Talvez... Está na hora de eu ir embora...

Maigret, como que envergonhado por decepcioná-lo, insistia, buscava uma pequena verdade que às vezes acreditava pressentir.

– Não quer que o impeçam de fazer o que decidiu fazer?...

– Não...

E acrescentou com um sorriso estranho:

– A menos que eu seja preso, isso não é possível... E não posso ser preso enquanto não tiver feito nada...

– De modo que o que veio buscar aqui é uma espécie de absolvição... Tem necessidade de saber que será compreendido, que não é um monstro e que seu projeto é a única solução que lhe resta...

Ele repetiu:

– Não sei...

E estava tão ausente que Maigret teve vontade de pegá-lo pelos ombros, de lhe falar alto, cara a cara, olhos nos olhos.

– Escute, Planchon...

Ele também se repetia. Era talvez a décima vez que pronunciava essas palavras.

– Como acaba de dizer, não tenho o direito de prendê-lo. Mas posso mandar vigiá-lo, mesmo se isso nada possa impedir. Será preso de imediato. Não sou eu que o julgarei, mas um tribunal que não buscará necessariamente compreender e que levará em conta sobretudo a premeditação.

"Disse-me que não tem família em Paris..."

– Não tenho família em parte alguma.

– O que será da sua filha, mesmo durante os meses da instrução e da espera do processo?... E a seguir?...

Sempre a mesma resposta vaga.

– Eu sei...

– E então? O que vai fazer?

– Não sei. Não sei mais. Vou tentar.

– Tentar o quê?

– Habituar-me.

Maigret teve vontade de berrar que não era isso o que lhe perguntava.

– O que o impede de partir?

– Com minha filha?

– Você é ainda o chefe da família.

– E ela?

– É na sua mulher que está pensando?

Planchon confirmou com a cabeça, envergonhado. Depois acrescentou:

– E a minha empresa?

O que indicava que não havia apenas paixão nessa história.

– Vou pensar...

– Voltará a me procurar?

– Eu lhe disse tudo... Já tomei seu tempo demais... Sua mulher...

– Não se preocupe com minha mulher, mas com você... Se quiser, não volte a me ver... Mas insisto que mantenha o contato... Não esqueça que foi você que veio me procurar...

– Peço-lhe perdão...

– Vai me telefonar todo dia...

– Aqui?

– Aqui ou no meu escritório... Peço apenas que me ligue...

– Por quê?

– Por nada. Para ficar em contato. Você me dirá:

"– Sou eu...

"E será suficiente para mim..."

– Farei isso.

– Todo dia?

– Todo dia.

– E se, em dado momento, estiver a ponto de executar seu projeto, me ligará?

Ele pareceu hesitar, pesar os prós e os contras.

– O que significa que eu não o faria – articulou enfim.

Regateava, como um camponês na feira.

– Compreenda, se eu telefonar para lhe anunciar...

– Responda à minha pergunta...

– Tentarei...

– É tudo o que lhe peço... E agora, volte para sua casa...

– Ainda não...

– Por que motivo?

– Não é a hora... Os dois estão na sala de jantar... O que eu faria lá?

– Ainda vai percorrer os botecos?

Ele ergueu os ombros, resignado, deu mais uma espiada no licor de ameixa. Impaciente, Maigret acabou por servir-lhe uma última dose.

– Melhor que beba aqui do que em outro lugar...

O homem hesitava, com o copo na mão, um pouco envergonhado.

– O senhor me despreza?

– Não desprezo ninguém...

– Mas se devesse desprezar alguém?...

– Certamente não seria você.

– Diz isso para me animar?

– Não. Porque penso assim.

– Eu lhe agradeço...

Desta vez ele tinha o chapéu na mão e olhava ao redor como se buscasse outra coisa.

– Gostaria que explicasse à sua esposa...

Maigret o empurrou brandamente em direção à porta.

– Estraguei sua noite... A dela também...

Estava no patamar, já mais anônimo do que no apartamento de Maigret, um homem comum para o qual ninguém teria se virado na rua.

– Até mais ver, sr. Maigret...

Ufa! A porta se fechou e a sra. Maigret irrompeu da cozinha.

– Achei que não teria fim e que você nunca conseguiria se livrar dele... Por pouco não entrei para lhe dar uma desculpa...

Ela olhava o marido com atenção.

– Você parece preocupado...

– Estou...

– É um doido?

Era raro que lhe fizesse perguntas. Mas aquilo se passara na casa deles. Quando trazia a sopa, ela se arriscou a murmurar:

– O que ele veio fazer?

– Confessar-se.

Ela não franziu o cenho, sentou-se no seu lugar.

– Não vai ligar a televisão?

– O programa deve estar quase terminado...

Antes, no sábado à noite, quando ele não ficava no Quai des Orfèvres, os dois iam ao cinema, menos pelo filme do que para sair juntos. De braços dados, dirigiam-se até o Boulevard Bonne-Nouvelle e se sentiam bem assim, sem necessidade de falar.

– Amanhã – anunciava agora Maigret – faremos um passeio a Montmartre...

Também de braços dados, como os casais que passeiam aos domingos. Ele tinha vontade de rever a Rue Tholozé, de procurar, no fundo de um pátio, a casa onde moravam Léonard Planchon, sua mulher, a filha e Roger Prou.

Havia agido bem? Agido mal? Havia encontrado as palavras que era preciso dizer?

E Planchon, havia encontrado, no Boulevard Richard-Lenoir, o que viera procurar?

Naquele momento estaria bebendo em algum boteco, certamente ruminando tudo o que dissera.

Era impossível saber se essa conversa tão desejada e tantas vezes adiada lhe trouxera algum apaziguamento ou se, ao contrário, provocaria uma espécie de disparo.

Pela primeira vez Maigret despedia-se de um homem, na entrada de sua própria casa, perguntando-se se esse homem, um pouco mais tarde, não iria matar duas pessoas.

Podia acontecer naquela mesma noite, de um instante a outro, talvez no momento em que Maigret pensava nisso.

– Que há com você?

– Nada... Não gosto dessa história...

Pensou em telefonar ao posto do 18º *arrondissement* para que vigiassem a casa de Planchon. Mas podia-se pôr um policial de sentinela no quarto de dormir?

Um agente na rua nada impediria.

CAPÍTULO III

O DOMINGO DE MANHÃ foi como os outros, preguiçoso e vazio, um tanto opaco. Maigret tinha o hábito, nesse dia, quando às vezes o passava em casa, de ficar na cama até mais tarde, mesmo não tendo sono, pois sua mulher não gostava de vê-lo "atravancando o caminho" enquanto ela se ocupava da arrumação doméstica.

Quase sempre ele a ouvia levantar-se com precaução, por volta das sete, sair da cama, ir na ponta dos pés até a porta; depois ouvia o ruído do interruptor na peça vizinha e um traço luminoso se desenhava rente ao chão.

Voltava a adormecer sem ter despertado por inteiro. Sabia que as coisas eram assim, e essa certeza penetrava seu sono.

Não era o sono dos outros dias, mas o da manhã de domingo, com uma outra espessura, outro sabor também. De meia em meia hora, por exemplo, ouvia os sinos e tinha consciência do vazio das ruas, da ausência de caminhões, da raridade dos ônibus.

Sabia também que não tinha responsabilidades, que nada o pressionava, nada o esperava na rua.

Mais tarde começaria o ronronar abafado do aspirador nas outras peças; mais tarde ainda, o cheiro de café ao qual era tão sensível.

Não têm todas as famílias suas tradições às quais se apegam e que dão sabor aos dias mais insípidos?

Ele sonhou com Planchon. Não foi realmente um sonho. Tornou a vê-lo na sala, como na véspera, mas a atitude era diferente. O rosto desfigurado pelo lábio leporino exprimia, em vez de emoção ou desespero, uma malícia irônica. Embora o homem não mexesse os lábios, Maigret tinha consciência de que ele dizia:

– Confesse que me dá razão, que não me resta outra coisa a fazer senão matá-la! O senhor não ousa dizer isso porque é um funcionário e tem medo de se comprometer. No entanto, não me detém, espera que eu acabe com ela e com ele...

Uma mão sacudiu-lhe suavemente o ombro, e uma voz familiar pronunciou o ritual:

– São nove horas...

A mulher lhe trazia a primeira xícara de café, que ele sempre bebia antes de se levantar.

– Como está o tempo?

– Frio. Ventoso.

Ela abriu as cortinas, já lavada e vestindo uma roupa de trabalho azul-clara. O céu estava esbranquiçado, o ar parecia branco também, um branco de gelo.

Com roupão e pantufas, Maigret foi sentar-se na sala de refeições, onde a limpeza já fora feita. E a manhã transcorreria seguindo certos ritos que se estabeleceram aos poucos, ao longo dos anos.

Não acontecia o mesmo nos apartamentos que ele avistava do outro lado do Boulevard Richard-Lenoir, assim como na maioria dos lares de Paris e de outras partes? Esses pequenos hábitos, esse ronronar, não correspondiam a uma certa necessidade?

– Em que está pensando? – ela perguntou.

Havia percebido que ele estava preocupado, mal-humorado.

– No sujeito de ontem.

A mulher de Planchon não despertava o marido trazendo-lhe café. Quando ele abria os olhos, após um sono agitado de bêbado, via-se numa cama de armar, na sala de refeições, e era o primeiro a levantar, talvez ouvindo, no quarto vizinho, respirações regulares, adivinhando dois corpos enlaçados e descansados no calor da cama.

Essa imagem o importunava mais do que o longo monólogo do interlocutor da véspera. Planchon havia falado sobretudo dos dias de semana. Mas como seria aos domingos? Seus funcionários não o esperavam no pátio ou na oficina. Também ele não tinha nada a fazer. Na casa, eram certamente Renée e o amante que ficavam na cama até tarde.

Será que Planchon preparava o café para todos, punha a mesa na cozinha? Será que sua filha, de camisola e pés descalços, ainda sonolenta, vinha ajudá-lo?

O homem lhe dissera que ela não fazia perguntas, mas isso não impedia Isabelle de olhar ao redor e pensar. Que ideia ela fazia da vida de uma família, da vida do pai?

Maigret comia croissants enquanto a sra. Maigret começava a preparar o almoço. De vez em quando eles trocavam algumas palavras pela porta da cozinha.

Os jornais, não lidos na véspera, estavam em cima da mesa, com as revistas semanais que ele reservava para o domingo de manhã.

O telefonema que deu à Polícia Judiciária era uma outra tradição. Dessa vez foi dado um pouco mais cedo, com certa ansiedade.

Torrence estava de plantão. Ele reconheceu sua voz, imaginou-o nas salas quase desertas.

– Nada de novo?

– Nada de importante, chefe, exceto que houve um outro roubo de joias a noite passada.

– Também no Crillon?

– No Plazza, na Avenue Montaigne.

No entanto, ele postara um inspetor em cada um dos hotéis da Champs-Elysées e dos arredores.

– Quem está lá?

– Vacher.

– Ele não viu nada?

– Nada. Sempre a mesma técnica.

É óbvio que foram examinadas as fichas de todos os ladrões de joias, inclusive as fichas da Interpol. Mas o procedimento deste não correspondia ao de nenhum especialista conhecido e ele agia dando um golpe atrás do outro, como se quisesse, em poucos dias, juntar uma fortuna suficiente e desaparecer.

– Enviou alguém para ajudar Vacher?

– Dupeu foi até lá. Por enquanto eles não podem fazer nada. A maioria dos hóspedes ainda dorme.

Torrence deve ter achado esquisita a pergunta seguinte:

– Não aconteceu nada no 18º *arrondissement*?

– Nada que eu lembre. Deixe-me consultar as fichas... Um instante... *Bercy*... *Bercy*... Vou pular todos os *Bercy*...

Nos termos da polícia, *Bercy* eram os bêbados mais ou menos agitados que eram levados a passar o resto da noite na delegacia.

– Uma briga, às três e quinze da madrugada, na Place Pigalle... Roubo de cliente por prostituta... Mais um... Facada na saída de um baile, no Boulevard Rochechouart...

O balanço habitual de um sábado à noite.

– Nenhum homicídio?

– Não encontrei.

– Obrigado. Bom trabalho. Me telefone se houver novidades no Plazza...

A sra. Maigret, na porta, perguntou, quando ele desligou o aparelho:

– É por causa do sujeito de ontem que está inquieto?

Ele a olhou como um homem que não sabe o que responder.

– Acha que ele acabará por matá-los?

No momento de deitar-se, ele deixara sua mulher a par da confissão de Planchon, num tom ligeiro, como se não desse importância ao caso.

– Pensa que ele está com a mente perturbada?

– Não sei. Não sou psiquiatra.

– Por que, na sua opinião, ele veio lhe procurar? Assim que o vi na entrada, compreendi que não era uma visita como as outras e confesso que ele me deu medo...

Para que se atormentar? Aquilo dizia respeito a ele? Por enquanto não, em todo caso. Respondeu de forma evasiva à mulher e, instalado na poltrona, mergulhou na leitura dos jornais.

Tinha sentado havia apenas dez minutos quando se levantou, foi procurar a lista telefônica, encontrou o nome de Planchon, Léonard, pintor, Rue Tholozé.

O homem não mentira quanto à identidade. Maigret hesitou um instante, enfim discou o número e, enquanto a campainha tocava numa casa distante, sentiu um pequeno aperto no peito.

De início pensou não haver ninguém, pois as chamadas se repetiram longamente. Por fim atenderam e uma voz perguntou:

– Pronto! O que deseja?

Era a voz de uma mulher que não parecia estar de bom humor.

– Gostaria de falar com o sr. Planchon...

– Ele não está...

– É a sra. Planchon que está no telefone?

– Sim, sou eu...

– Sabe quando seu marido retorna?

– Acabou de sair com a filha dele...

Maigret notou que ela disse a filha *dele*, e não *minha* filha ou *nossa* filha. Compreendeu também que alguém, na peça, falava à mulher, na certa para lhe dizer:

– Pergunte o nome dele...

De fato, após um curto silêncio, ela perguntou:

– Quem está falando?

– Um cliente... Voltarei a telefonar...

Ele desligou. Renée estava bem desperta, Roger Prou também, e Planchon fora passear com a filha, o que provava que na Rue Tholozé, como nos outros lugares, havia tradições de domingo.

Quase não pensou mais no caso durante a manhã. Tendo percorrido os jornais sem grande curiosidade, ficou algum tempo à janela olhando as pessoas que voltavam da missa e caminhavam depressa, inclinadas para frente, com o rosto azulado de frio. Depois tomou um banho, vestiu-se, enquanto um cheiro de cozinha se espalhava por todos os cantos do apartamento.

Ao meio-dia almoçaram frente a frente, pois não ligaram a televisão. Falaram da filha do dr. Pardon que esperava um segundo bebê e de outras coisas que não lhe ficaram na memória.

Pelas três da tarde, lavada a louça, o apartamento de novo em ordem, ele propôs:

– Que tal darmos uma volta?

A sra. Maigret pôs seu casaco de astracã e sua echarpe mais grossa.

– Onde quer ir?

– A Montmartre.

– É verdade. Você me falou ontem. Vamos de metrô?

– Estará mais aquecido...

Após descerem na estação Place Blanche, eles começaram a subir lentamente a Rue Lepic, onde as janelas das lojas estavam fechadas.

Na altura da Rue des Abbesses, a Lepic faz uma curva, enquanto a Rue Tholozé sobe direto, numa encosta íngreme, até se aproximar do Moulin de la Galette.

– É por aqui que ele mora?

– Um pouco mais acima... ao pé da escadaria...

Mais ou menos na metade da rua, à esquerda, Maigret viu uma fachada pintada de violeta, com letras que à noite ficavam luminosas: *Bal des Copains*. Três rapazes, de pé na calçada, pareciam esperar alguém e ouvia-se, no interior, música de acordeão. Ainda não havia dança. O acordeonista, no fundo da sala quase vazia, ensaiava.

Foi ali, nove anos antes, que o solitário Planchon conhecera Renée, por acaso, porque havia muita gente e um garçom apressado fizera a moça sentar-se à sua mesa.

Os Maigret continuaram sua caminhada, um pouco ofegantes. Entre os prédios de cinco ou seis andares, viam-se ainda algumas casas baixas que datavam do tempo em que Montmartre era uma aldeia.

Chegaram enfim diante de um portão aberto para um pátio pavimentado, no fundo do qual se erguia um sobrado em pedra calcária, como se vê principalmente na periferia. Era uma construção já envelhecida, descorada, com uma alternância de tijolos amarelos e vermelhos em torno das janelas. As peças de madeira estavam recém-pintadas, de um azul que destoava do conjunto.

– É aqui que ele mora?

Não ousaram parar, limitando-se a observar tanto quanto podiam ao passarem lentamente. A sra. Maigret se lembraria mais tarde que as cortinas pareciam muito limpas. Maigret, por sua vez, notou escadas no pátio, um carrinho de mão, um depósito de madeira através de cujas janelas se viam latas de tinta.

A caminhonete não estava no pátio e não havia garagem. As cortinas não se mexeram. Nenhum sinal de vida. Devia-se concluir que Planchon, sua mulher, Isabelle e Prou tinham ido passear juntos de carro?

– O que fazemos?

Maigret não sabia mais. Sentira a necessidade de ver e, agora que tinha visto, não tinha projeto algum.

– Já que estamos aqui, que tal subirmos até a Place du Tertre?

Beberam lá um garrafão de vinho rosé, e um artista cabeludo veio propor-lhes um retrato desenhado.

Às dezoito horas os Maigret chegavam de volta em casa. Ele telefonou ao Quai des Orfèvres. Falou com Dupeu, que nada descobrira no Plazza. Alguns hóspedes, que passaram a noite fora, ainda dormiam à tarde.

Desta vez ele não deixou de ver televisão, embora estivesse passando um filme policial que o fez resmungar a noite toda.

No fundo, se ele saboreava a monotonia dos domingos, saboreava ainda mais o momento em que, na segunda de manhã, retornaria à sua sala de trabalho. Compareceu à repartição, apertou a mão dos colegas. Cada um falou dos casos em andamento, e ele preferiu se calar sobre a visita do sábado à noite. Tinha receio de ser ridículo por dar importância a ela?

Era o único dia da semana em que todos trocavam apertos de mão. Reencontrou Lucas, Janvier, o jovem Lapointe e os demais; cada um, exceto os que tinham estado de serviço, passara como ele o domingo em família.

Acabou por escolher Lapointe e Janvier, que levou até sua sala.

– Vocês conservaram os papéis que fizemos por ocasião do caso Rémond?

Esse caso remontava a vários meses, ao começo do outono. Tratava-se de encontrar provas contra um certo Rémond, de identidades múltiplas, suspeito de praticar vigarices na maior parte dos países da Europa.

Ele ocupava um quarto mobiliado da Rue de Ponthieu e, para entrar lá sem despertar suspeitas da dona do estabelecimento, Janvier e Lapointe haviam se apresentado com a notificação oficial de um vago serviço de reavaliação da área construída.

– Precisamos medir cada quarto, cada corredor – eles anunciaram.

Traziam debaixo do braço uma pasta forrada de papéis. Lapointe, sério, tomava notas, enquanto Janvier desdobrava sua fita métrica.

Não era um expediente muito lícito, mas também não era a primeira vez que o utilizavam e podia ser útil de novo.

– Irão até a Rue Tholozé... Bem no alto, à direita, encontrarão uma casa no fundo de um pátio...

Maigret gostaria de ir ele mesmo, para vasculhar os cantos dessa casa que desejava conhecer.

Deu instruções minuciosas e, quando seus colaboradores partiram, ocupou-se dos casos em andamento.

O céu continuava branco e duro, o Sena era de um cinza cruel. Por volta do meio-dia, Janvier e Lapointe voltaram, no momento em que ele assinava alguns papéis administrativos e chamava Joseph para entregá-los.

– E então, rapazes?

Foi Janvier quem falou.

– Tocamos a campainha...

– Imagino. E foi a mulher que veio abrir. Como é ela?

Eles se olharam.

– Morena, alta, bem-feita de corpo...

– Atraente como mulher?

Desta vez Lapointe interveio:

– Eu diria mais como fêmea...

– Como estava vestida?

– Vestia um penhoar vermelho e pantufas. Não usava nada na cabeça. Sob o penhoar se via uma camisola amarela...

– Viram a filha dela?

– Não. Devia estar na escola.

– A caminhonete estava no pátio?

– Não. E não havia ninguém na oficina.

– Como foram recebidos?

– Com desconfiança. Primeiro ela nos observou através da cortina de uma janela. Depois ouvimos passos no corredor. Entreabriu a porta e perguntou, mostrando apenas uma parte do rosto:

"– O que querem? Não preciso de nada...

"Explicamos do que se tratava..."

– Ela não ficou surpresa?

– Perguntou se estávamos fazendo aquilo em toda a rua. Quando respondemos que sim, decidiu deixar-nos entrar.

"– Será longo?

"– Meia hora no máximo...

"– Terão de medir toda a casa?"

Os dois inspetores deram então suas impressões. O que mais lhes chamou a atenção foi a cozinha.

– Cozinha magnífica, chefe, bem iluminada e moderna, com todos os acessórios... Não se espera encontrar uma cozinha como aquela numa velha casa... Há inclusive uma máquina de lavar louça...

Maigret não se surpreendeu. Não era do feitio de Planchon oferecer à mulher todo o conforto possível?

– A casa é bastante colorida... Percebe-se de imediato ser a casa de um pintor de paredes, pois tudo parece recém-pintado... No quarto da menina, os móveis estão pintados de rosa.

Esse detalhe também correspondia ao caráter do cliente do sábado.

– Continue...

– Ao lado da cozinha há também um living bastante grande que serve de sala de refeições e que tem uma mobília rústica...

– Encontraram uma cama dobrável?

– Sim, dentro do armário...

Janvier acrescentou:

– Observei como quem não quer nada:

"– É prático, quando amigos dormem em casa..."

– Ela não reagiu?

– Não. Seguia-nos por toda parte, vigiando nossos gestos, não muito segura de que fôssemos mesmo enviados por uma agência oficial. Em certo momento perguntou:

"– Para que servem todas essas medidas que estão tomando?

"Passei-lhe a conversa fiada: que, de tempo em tempo, é necessário, por causa das transformações feitas nos imóveis, rever a base do imposto predial e que, se não tivessem feito ampliações, só teriam a ganhar...

"Não acho que seja muito inteligente, mas não é uma mulher que se deixe enganar fácil e eu temia que pudesse pegar o telefone e ligar para nossa suposta agência...

"Por causa disso, agimos o mais rápido possível... Há duas outras peças no andar de baixo: um quarto e uma peça menor, que serve de escritório e onde se encontra o telefone...

"O quarto, também alegre, ainda não estava arrumado... Já o escritório se assemelha ao de todos os pequenos prestadores de serviços, com algumas pastas de arquivo, faturas grampeadas, um aquecedor a carvão e amostras empilhadas sobre a lareira...

"O banheiro fica no primeiro andar, ao lado do quarto da menina..."

– É tudo?

Lapointe interveio:

– Houve um telefonema enquanto estávamos lá... Ela pediu para repetir o nome duas vezes, anotou num bloco e disse:

"– Não, ele não está no momento... Está trabalhando numa obra... Como?... Sim, o sr. Prou... Darei o recado e ele irá vê-lo, é provável que hoje à tarde...

"E agora, chefe, se a dimensão de cada peça lhe interessa..."

Eles haviam cumprido a tarefa. Se Maigret não avançara muito mais do que antes, pelo menos tinha uma ideia melhor da casa, e esta era exatamente tal como imaginara.

Será que os dois homens, o marido e o amante, trabalhavam no mesmo local ou, ao contrário, escolhiam trabalhar em obras diferentes? Não eram obrigados, por seu trabalho, a se dirigirem a palavra? Em que tom o faziam?

Maigret foi almoçar em casa e perguntou se lhe haviam telefonado. Ninguém o fizera, e foi só um pouco depois das seis da tarde que lhe passaram, na sua sala de trabalho, a ligação que esperava.

– Alô!... É o sr. Maigret?...

– Sim, sou eu...

– Aqui é Planchon...

– Onde está?

– Num bar da Place des Abbesses, a dois passos de uma casa onde trabalhei durante o dia... Cumpro a palavra... O senhor me pediu para lhe telefonar...

– Como se sente?

Houve um silêncio.

– Está calmo?

– Estou sempre calmo... Pensei muito...

– Saiu a passear com sua filha ontem de manhã?

– Como sabe? Levei-a até o Mercado das Pulgas...

– E à tarde?

– Eles saíram de carro...

– Os três?

– Sim.

– Ficou em casa?

– Dormi...

Assim, ele estava na casa quando Maigret e sua mulher passaram diante da entrada.

– Pensei muito...

– A que conclusão chegou?

– Não sei... Não há conclusão... Vou tentar resistir o máximo que puder... No fundo me pergunto se quero mesmo que isso mude... De todo modo, como lhe disse anteontem, corro o risco de perder Isabelle...

Maigret ouviu batidas de copos, um longínquo murmúrio de vozes, o tilintar de uma caixa registradora.

– Vai me ligar amanhã?

O homem hesitou um instante.

– Acha que vale a pena?

– Eu gostaria que me ligasse todo dia...

– Não confia em mim?

O que ele podia responder a essa pergunta?

– Tudo bem, aguentarei!...

E deu uma risadinha dolorosa.

– Já aguentei durante dois anos!... Sou bastante covarde para continuar aguentando... Pois sou covarde, não?... Confesse que é isso que pensa... Em vez de agir, como um homem teria feito, fui choramingar na sua casa...

– Fez bem em ir e não choramingou...

– O senhor não me despreza?

– Não.

– Contou tudo à sua esposa, depois que saí?

– Também não.

– Ela não lhe perguntou quem era esse energúmeno que o fez perder o jantar?

– Faz perguntas demais a si mesmo, sr. Planchon... Pensa demais no que faz...

– Peço que me perdoe...

– Volte para sua casa...

– Minha casa?

Maigret não sabia mais o que dizer. Não se lembrava de alguma vez na vida ter ficado tão embaraçado.

– Mas poxa!, é sua casa, não?... Se não quiser voltar, vá para qualquer outro lugar. Apenas evite os botecos para não se exaltar ainda mais...

– Sinto que está irritado.

– Não estou irritado... Gostaria apenas que parasse de remoer sempre as mesmas ideias...

Maigret se arrependeu. Talvez tivesse cometido um erro ao falar daquele jeito. É difícil, sobretudo ao telefone, achar as palavras que convém dizer a um homem que tenciona matar a mulher e seu principal funcionário.

A situação era absurda, e, ainda por cima, Planchon parecia ter antenas. Embora não estivesse realmente irritado, Maigret sentia o quanto lhe pesava essa história que não teria ousado contar aos colegas, por receio de passar por um ingênuo.

– Acalme-se, sr. Planchon...

Ele encontrava apenas essas fórmulas idiotas que as pessoas empregam para as condolências.

– Não se esqueça de me ligar amanhã... E lembre que o que tem em mente não resolveria nada, muito pelo contrário...

– Eu lhe agradeço...

Era só um agradecimento formal. Planchon estava decepcionado. Mal saíra do trabalho e sem dúvida ainda não bebera o bastante para que se produzisse uma diferença e ele visse as coisas de outro modo, como no sábado à noite, por exemplo.

Sóbrio, ele não devia ter ilusões. Que imagem fazia de si mesmo, do papel ridículo ou odioso que representava em sua própria casa?

O "eu lhe agradeço" fora amargo e Maigret ainda quis falar, mas não pôde porque seu interlocutor desligou. Havia uma outra solução, que o homem apenas mencionara no sábado e que de repente inquietou o comissário.

Será que agora que Planchon havia contado seu drama a alguém, agora que não podia mais ter ilusões sobre si mesmo, não seria tentado a destruir-se, a acabar com a própria vida?

Se Maigret soubesse de onde ele ligara, teria telefonado em seguida. Mas para dizer o quê?

Ora! Não era problema dele. Não lhe cabia intervir. Ele não estava encarregado de recolocar em ordem a vida das pessoas, mas de encontrar as que haviam cometido um crime ou um delito.

Trabalhou ainda uma hora, quase raivoso, no caso do roubo de joias que provavelmente lhe tomaria semanas. Parecia certo que o ladrão, a cada vez, era um hóspede do hotel onde as joias desapareciam. Os roubos ocorreram em quatro hotéis diferentes, com dois ou três dias de intervalo.

Nessas condições, parecia fácil examinar a lista dos hóspedes desses hotéis e pôr a mão naquele ou naqueles encontrados nas diferentes listas. Mas isso não estava funcionando. E tampouco se obtinham resultados com as informações fornecidas pelos porteiros.

Semanas? Talvez levasse meses, e era possível que o epílogo acontecesse em Londres, em Cannes ou em Roma, a menos que se descobrisse uma pista das joias com algum traficante da Antuérpia ou de Amsterdã.

No entanto, era menos deprimente do que se ocupar de um Planchon. Maigret voltou para casa de táxi, pois era tarde. Jantou, viu televisão, dormiu, foi despertado pelo habitual cheiro de café.

De volta ao trabalho, resmungou:

– Ligue-me para a delegacia do 18º... Alô! É do 18º?... É você, Bernard?... Nada de interessante na noite passada?... Nenhum homicídio?... Nem desaparecimentos?... Escute! Gostaria que mandasse vigiar de forma discreta uma casa localizada bem no alto da Rue Tholozé, ao pé da escadaria... Sim... Não 24 horas seguidas, é claro... Somente à noite... Que deem uma espiada a cada ronda... Que se certifiquem, por exemplo, se a caminhonete de um empreiteiro de pintura está no pátio... Eu lhe agradeço... Se ela não for vista à noite, que telefonem para minha casa... Nada de específico... Uma ideia no ar... Sabe como são as coisas... Obrigado, meu velho!...

Mais uma jornada de rotina, pessoas a interrogar, não apenas acerca das joias, mas de dois ou três casos de menor importância...

A partir das seis da tarde ficou de olho no telefone. Ele tocou duas vezes, mas não era Planchon. Às seis e meia ainda não havia ligado, nem às sete, e Maigret se censurou por ficar nervoso.

Não podia ter-se passado nada durante o dia. E era improvável que, aproveitando o fato de sua filha estar na escola, por exemplo, Planchon tivesse vindo matar a mulher para depois esperar o retorno de Prou e matá-lo também.

Na verdade, Maigret não lhe perguntara que arma pretendia utilizar. O pintor apenas dissera que havia preparado seu duplo crime nos menores detalhes.

Ele não devia ter um revólver e, mesmo que o tivesse, era pouco provável que fosse usá-lo. Homens como ele, a maior parte das pessoas que têm um ofício manual, tendem a usar uma de suas ferramentas familiares.

Que ferramenta um pintor de paredes...

E não pôde deixar de rir sozinho ao pensar num pincel...

Às sete e quinze ainda não o haviam chamado, e ele voltou para casa. O telefone não tocou durante o jantar nem no resto da noite.

– Ainda está pensando nele? – perguntou-lhe a mulher.

– Não o tempo todo, claro, mas isso me incomoda...

– Você me disse uma vez que os que falam muito raramente agem...

– Raramente, é verdade... Mas acontece...

– Pegou um resfriado?

– Talvez no domingo, em Montmartre... Falo pelo nariz?

Ela foi buscar uma aspirina, e ele dormiu a noite toda. Ao acordar, viu a chuva atrás das vidraças.

Esperou até as dez da manhã para ligar à delegacia do 18º.

– Bernard?

– Sim, chefe...

– Nada na Rue Tholozé?

– Nada... O carro não saiu do pátio...

Foi só às sete da noite que, sem notícias, decidiu telefonar para a Rue Tholozé, onde uma voz de homem que ele não conhecia lhe respondeu:

– Planchon?... Sim, é aqui... Mas ele não está... Também não estará esta noite.

CAPÍTULO IV

MAIGRET TEVE A IMPRESSÃO de que seu interlocutor ia desligar de cara, mas no último momento hesitou, como que desconfiado. O comissário se apressou a perguntar:

– E a sra. Planchon?

– Ela saiu.

– Também não estará em casa esta noite?

– Deve voltar em seguida. Saiu para fazer uma compra no bairro...

Mais um silêncio. O aparelho era tão sensível que Maigret ouvia a respiração de Prou.

– Que deseja com ela?... Quem está falando?...

Ele quase se fez passar por um cliente, contando qualquer coisa. Mas preferiu desligar.

Nunca tinha visto aquele com quem acabara de falar ao telefone. O pouco que sabia a seu respeito era o que Planchon dissera, e este tinha boas razões para ser parcial.

No entanto, assim que ouviu o som da sua voz, Maigret sentiu uma antipatia pelo amante de Renée e se censurou por isso. Não era do relato do pintor que lhe vinha essa antipatia. Era da voz mesmo, do seu tom arrastado e agressivo. Teria jurado que Prou, do outro lado, olhava o aparelho com desconfiança, e que ele jamais responderia diretamente às perguntas.

Era um tipo de homem que ele conhecia bem, dos que não se deixam desarmar fácil, que olham os outros de cima, com um olhar zombeteiro, e que, à primeira pergunta embaraçosa, franzem as sobrancelhas grossas.

Teria ele realmente sobrancelhas grossas? E cabelos nascendo não muito longe dos olhos?

De mau humor, Maigret arrumou seus papéis, seguiu a rotina ao chamar primeiro Joseph.

– Mais ninguém para mim?

Depois passou a cabeça na porta da sala dos inspetores.

– Se me procurarem, estou em casa...

Abriu o guarda-chuva ao sair à rua. Na parada de ônibus, viu-se colado a alguém que vestia uma capa encharcada.

Antes de sentar à mesa, ligou de novo para a Rue Tholozé. Estava descontente com todo mundo. Com Planchon, que viera perturbá-lo com sua história ao mesmo tempo ridícula e patética, com Roger Prou, sabe-se lá por que, e consigo mesmo. Ele estava quase descontente com sua mulher, que o observava com um olhar inquieto.

Era um hábito, naquela casa, não atender em seguida? O telefone parecia soar no vazio. Depois ele lembrou que o aparelho estava no escritório. Por certo eles não comiam no living, mas na cozinha, de modo que havia um certo caminho a percorrer.

– Alô!...

Alguém, enfim! Uma mulher.

– Sra. Planchon?

– Sim. Quem é?

Ela falava com naturalidade, e a voz, bastante grave, não era desagradável.

– Gostaria de falar com Léonard...

– Ele não está...

– Sabe quando ele voltará?... Sou um amigo dele...

Desta vez, como com Prou, houve um silêncio. Estaria Roger Prou perto dela, e os dois se interrogavam com o olhar?

– Que amigo?

– A senhora não me conhece... Eu precisava vê-lo esta noite...

– Ele partiu...

– Por muito tempo?

– Sim.

– Pode me dizer quando ele voltará?

– Não faço a menor ideia...

– Ele está em Paris?

Nova hesitação.

– Se está, não me deixou o endereço... Ele lhe deve dinheiro?...

Maigret desligou mais uma vez. E a sra. Maigret, que ouviu o que ele disse, perguntou, ao lhe servir a sopa:

– Ele desapareceu?

– Parece que sim.

– Acha que se suicidou?

Ele resmungou:

– Não sei...

Tornou a ver o homem na sala, com as falanges brancas de tanto apertar os dedos, viu sobretudo seus olhos claros que se fixavam nele com uma expressão de súplica.

Planchon, que havia bebido, estava tenso. Falara muito. Maigret se deixara levar e havia um monte de perguntas precisas que deveria ter feito e não fez.

Terminado o jantar, ele telefonou para o plantão da polícia. Era a hora em que os homens fazem um lanche, e o que respondeu estava com a boca cheia.

– Não, chefe... Nenhum suicídio desde que cheguei... Deixe-me consultar as fichas do dia... Um instante... Uma velha se jogou pela janela, no Boulevard Barbès... Um cadáver retirado do Sena um pouco antes das cinco horas, na Pont de Saint-Cloud... Seu estado faz supor que ficou uns quinze dias na água... Não encontro mais nada...

Era a noite de quarta-feira. No dia seguinte de manhã, em sua sala, Maigret começou a rabiscar numa folha de papel.

Foi no sábado à noite que ele encontrara Planchon esperando-o em casa, no Boulevard Richard-Lenoir.

No domingo de manhã o comissário telefonara uma primeira vez para a Rue Tholozé, e a sra. Planchon respondera que o marido acabara de sair com a filha.

Era verdade, como o pintor lhe confirmaria depois. Isabelle e o pai tinham ido, de mãos dadas, ao Mercado das Pulgas, em Saint-Ouen.

Na tarde do mesmo domingo, Maigret e sua mulher passaram diante da casa durante um passeio. A caminhonete não estava no pátio. Não se via ninguém através das cortinas, mas ele ficaria sabendo, sempre por Planchon, que este estava na casa, dormindo.

Segunda-feira de manhã: Janvier e Lapointe, empregando meios mais ou menos legais, foram até a Rue Tholozé e, sob o olhar desconfiado de Renée, visitaram todas as peças que fingiam medir.

De tarde, Léonard Planchon telefonara para o Quai des Orfèvres, de um bar da Place des Abbesses, segundo ele, e pôde-se ouvir, além do murmúrio de vozes e das batidas de copos, o tilintar de uma caixa registradora.

As últimas palavras do homem foram:

– *Eu lhe agradeço.*

Ele não falou de viagem, nem, com mais razão ainda, de suicídio. Fora no sábado que aludira de forma vaga a essa solução, rejeitada a fim de não deixar Isabelle nas mãos de Renée e seu amante.

Na terça-feira, nenhum telefonema. Por via das dúvidas e para ficar com a consciência em paz, Maigret pedira à polícia do 18º para vigiar a casa da Rue Tholozé durante a noite. Não uma vigilância contínua. Os agentes, durante as rondas, deram apenas uma espiada para se certificar de que nada de anormal acontecera e que a caminhonete continuava no pátio. E ela continuava.

Quarta-feira, enfim. Nada. Nenhuma chamada de Planchon. E, quando o comissário telefonou, por volta das dezenove horas, Roger Prou respondeu que o pintor não voltaria para casa à noite. Prou deu respostas vagas e parecia alerta. Renée, naquele momento, também não estava em casa.

Mas, conforme o amante anunciara, ela estava de volta uma hora mais tarde e, de suas respostas, se deduzia que não esperava rever o marido por muito tempo.

Ele compareceu à repartição, como toda manhã, evitando sempre falar desse caso, que não existia de modo oficial. Um pouco depois das dez, no chuvisco gelado, deixou a P.J., pegou um táxi e seguiu para a Rue Tholozé.

Não sabia ainda como ia proceder. Não tinha nenhum plano preciso.

– Espero? – perguntou o motorista.

Ele preferiu pagar a corrida, pois era possível que demorasse algum tempo.

A caminhonete não estava no pátio, mas um operário de avental branco sujo de pintura ia de um lado a outro no depósito. Maigret se dirigiu à casa, apertou o botão da campainha. Uma janela se abriu no primeiro andar, bem acima da sua cabeça, e ele não se mexeu. Depois se ouviram passos na escada, a porta foi entreaberta, como para Janvier e Lapointe, e ele viu cabelos pretos desalinhados, olhos também quase pretos, um rosto de pele muito branca e a mancha vermelha de um penhoar.

– O que deseja?

– Gostaria de lhe falar, sra. Planchon.

– A respeito de quê?

A porta continuava entreaberta apenas uns quinze centímetros.

– A respeito do seu marido...

– Ele não está...

– É justamente porque tenho necessidade de vê-lo que desejo falar com a senhora...

– O que quer com ele?

Maigret decidiu-se enfim pronunciar:

– Polícia...

– Tem uma identificação?

Ele mostrou sua medalha. Mudando de atitude, ela abriu amplamente a porta e se afastou para deixá-lo passar.

– Perdoe-me... Estou sozinha na casa e nos últimos dias houve vários telefonemas misteriosos...

Ela o espiava, perguntando-se talvez se fora ele que havia telefonado.

– Entre!... A casa ainda está em desordem...

Conduziu-o ao living, onde um aspirador de pó estava no meio do tapete.

– O que meu marido fez?

– Preciso entrar em contato com ele para lhe fazer algumas perguntas...

– Ele andou brigando?

Apontou-lhe uma cadeira, mas ela mesma hesitou em sentar-se, mantendo o penhoar cruzado sobre o peito.

– Por que me pergunta isso?

– Porque ele passa os fins de tarde e uma parte das noites nos botecos e, quando bebe, tende a ficar violento...

– Ele já bateu na senhora?

– Não... E eu não deixaria que o fizesse... Mas já chegou a me ameaçar...

– Ameaçá-la de quê?

– De acabar comigo... Não entrou em detalhes...

– Isso aconteceu várias vezes?

– Sim, várias vezes...

– Sabe onde ele está neste momento?

– Não sei nem quero saber...

– Quando o viu pela última vez?

Ela refletiu por um momento.

– Deixe-me ver... Hoje é quinta... Ontem, quarta; anteontem, terça... Foi segunda-feira à noite...

– A que horas?

– Tarde da noite...

– Não lembra a hora?

– Devia ser perto da meia-noite.

– Estava deitada?

– Sim.

– Sozinha?

– Não. Não tenho razão alguma para lhe mentir. Todos na vizinhança estão sabendo da situação e acrescento que todos nos aprovam, a Roger e a mim... Sem a obstinação do meu marido, há muito já estaríamos casados...

– A senhora quer dizer que tem um amante?

Não sem certo orgulho, ela respondeu, olhando-o nos olhos:

– Sim.

– Ele vive nesta casa?

– E daí? Quando um homem como Planchon insiste e recusa o divórcio, é preciso afinal que...

– Desde quando?

– Vai fazer dois anos...

– Seu marido se acomodou a essa situação?

– Há muito tempo ele não é mais meu marido senão no papel... Também faz muito que não é mais um homem... Não sei o que o senhor quer com ele... O que ele fez fora daqui não me interessa... E posso lhe dizer, sem receio de ser desmentida, que se trata de um bêbado de quem nada mais se pode esperar... Sem Roger, a empresa não existiria mais...

– Permita-me voltar à noite de segunda-feira... A senhora estava deitada naquele quarto...

A porta estava entreaberta e via-se um edredom laranja sobre a cama.

– Sim...

– Com esse homem que se chama Roger...

– Roger Prou, um cara muito legal, que não bebe e não se faz de coitado...

Falou com orgulho e adivinhava-se que teria saltado ao pescoço de quem ousasse falar mal dele.

– Seu marido jantou com vocês?

– Não. Ainda não havia chegado...

– Isso lhe acontecia com frequência?

– Bastante frequência... Começo a entender como as coisas se passam com os bêbados... Durante um tempo ainda conservam uma certa postura, uma certa dignidade... Depois acabam por beber tanto que não têm mais fome e substituem as refeições por tragos...

– Seu marido chegou a esse ponto?

– Sim.

– No entanto continuava a trabalhar... Não se arriscava a cair de uma escada ou de um andaime?...

– Ele não bebia, ou muito pouco, durante o dia... Quanto ao trabalho!... Se tivéssemos de contar só com ele...

– Tem uma filha, não é?

– Como sabe?... Imagino que interrogou a zeladora do prédio em frente... Tanto faz, não temos nada a esconder... Sim, tenho uma filha... Vai fazer sete anos...

– Na segunda-feira, então, jantaram juntos, esse Roger Prou, a senhora e sua filha...

– Sim...

– Nesta peça?

– Na cozinha... Não vejo que diferença faz... Comemos quase sempre na cozinha... Foi um crime?

Ela começava a se impacientar, confusa pelo rumo que tomava o interrogatório.

– Suponho que sua filha tenha sido a primeira a deitar-se...

– É claro.

– No andar de cima?

Era evidente que ela se surpreendia por vê-lo tão bem-informado. Já teria feito uma ligação entre sua visita e a dos dois homens que vieram medir as peças da casa?

Em todo caso não se irritava, continuava a observar o visitante sem nunca desviar o olhar, e de repente foi sua vez de fazer uma pergunta.

– Diga-me, por acaso o senhor não é o famoso comissário Maigret?

Ele confirmou com a cabeça, e ela franziu as sobrancelhas. Que um policial qualquer, um inspetor do bairro, por exemplo, viesse se informar sobre o que fazia seu marido, não era tão extraordinário, dada a vida que Planchon levava à noite. Mas que Maigret em pessoa interrompesse suas ocupações...

– Deve ser algo sério, então...

E, com alguma ironia, lançou:

– Não me diga que ele matou alguém!

– Acha-o capaz disso?

– Acho-o capaz de tudo... Quando um homem chega a esse ponto...

– Ele estava armado?

– Nunca vi uma arma na casa...

– Ele tinha inimigos?

– Que eu saiba, sua inimiga sou eu. No espírito dele, pelo menos. Ele me odiava. Foi apenas por ódio que se obstinou em ficar aqui em condições que nenhum homem teria aceitado... Nem que fosse por sua filha, ele deveria ter compreendido que...

– Voltemos à segunda-feira... A que horas foram se deitar, Roger Prou e a senhora?

– Deixe-me ver... Fui deitar primeiro...

– A que horas?

– Por volta das dez... Roger trabalhava no escritório, organizando as faturas...

– Ele é que se ocupa das questões financeiras?

– Em primeiro lugar, se não o fizesse, não haveria ninguém para fazer, pois meu marido não é mais capaz... Além disso, ele investiu também seu dinheiro...

– Está querendo dizer que eram sócios, Planchon e ele?

– Praticamente... Não havia nada no papel... Ou melhor, foi há uns quinze dias que assinaram um documento...

Ela interrompeu-se e foi até a cozinha onde alguma coisa fervia no fogão, voltando quase em seguida.

– O que mais quer saber? Preciso cuidar da casa, do almoço... Daqui a pouco minha filha volta da escola...

– Lamento ter de retê-la por mais um momento...

– Ainda não me disse o que meu marido fez...

– Espero que suas respostas me ajudem a encontrá-lo... Se compreendi bem, seu amante investiu dinheiro na firma...

– Sempre que faltava para pagar as dívidas...

– E há quinze dias eles assinaram um documento... Que tipo de documento?

– Um dizendo que, mediante o pagamento de certa quantia, Prou se tornava proprietário da firma...

– Sabe o montante dessa quantia?

– Eu é que datilografei o documento...

– Sabe datilografar?

– Posso dizer que sim... Temos há anos uma velha máquina de escrever no escritório... Planchon comprou quando eu ainda não estava grávida, uns meses após nosso casamento... Eu me entediava, queria me ocupar... Passei, com dois dedos, a datilografar faturas, depois cartas aos clientes e aos fornecedores...

– E continua?

– Quando é necessário...

– Tem esse documento?

Ela o olhou com mais atenção.

– Pergunto-me se tem o direito de me pedir tudo isso. E também se sou obrigada a lhe responder...

– Por ora, nada a obriga a isso...

– Por ora?

– Há sempre a possibilidade de convocá-la a meu escritório como testemunha...

– Como testemunha de quê?

– Digamos, do desaparecimento do seu marido...

– Não foi um desaparecimento.

– O que foi então?

– Ele partiu, só isso. É o que deveria ter feito há muito tempo...

Ela se levantou, mesmo assim.

– Não vejo por que lhe ocultar o que quer que seja... Se esse documento lhe interessa, vou buscá-lo...

Dirigiu-se até o escritório, onde se ouviu uma gaveta ser aberta. Voltou uns instantes depois com uma folha na mão. O papel trazia no cabeçalho: Léonard Planchon, empreiteiro de pintura. O texto fora redigido com o auxílio de uma fita violeta, e as batidas eram irregulares, várias letras se sobrepunham, faltava um espaço entre duas ou três palavras.

> *Eu, abaixo assinado Léonard Planchon, cedo a Roger Prou, mediante a quantia de 30.000 novos francos (trinta mil), minha parte na empresa de pintura de construção, situada à Rue Tholozé, em Paris, que possuo conjuntamente com minha esposa, Renée, em solteira Babaud.*
> *Esta cessão comporta o arrendamento do imóvel, o material e o mobiliário, com exclusão de meus objetos pessoais.*

O documento era datado de 28 de dezembro.

– Em geral – objetou Maigret levantando os olhos –, documentos desse tipo são assinados diante de um tabelião. Por que não fizeram isso?

– Porque haveria despesas inúteis... Quando as pessoas são de boa-fé...

– Então seu marido era de boa-fé?

– Nós, pelo menos, somos...

– Esse documento foi assinado há cerca de três semanas... Desde então Planchon não tinha mais nada a ver com o negócio... Pergunto-me por que continuava a trabalhar...

– E por que continuava a viver nesta casa, quando havia muito não significava mais nada para mim?

– Em suma, ele trabalhava como funcionário?

– Se quiser...

– Era pago?

– Suponho que sim... Isso é com o Roger...

– Os trinta mil francos foram pagos em cheque?

– Em dinheiro.

– Aqui?

– Não na rua, é evidente!

– Diante de testemunhas?

– Estávamos nós três. Nossos assuntos pessoais não dizem respeito a ninguém.

– Alguma condição foi vinculada a esse acordo?

Essa pergunta pareceu tocá-la, e ela ficou um instante em silêncio.

– Havia uma, mas ele não cumpriu...

– Qual?

– Que ele iria embora e me daria enfim o divórcio.

– De todo modo ele partiu...

– Depois de três semanas!...

– Voltemos à segunda-feira...

– De novo? Vai durar muito tempo?

– Espero que não... A senhora estava deitada... Prou entrou no quarto... Estava acordada quando ele se deitou?

– Sim.

– Viu a hora?

– Se insiste em saber, tínhamos outra coisa a fazer...

– Os dois dormiam quando seu marido chegou?

– Não...

– Ele abriu a porta com a chave dele?

– É óbvio que não foi com uma caneta...

– Poderia estar muito bêbado para abrir a porta sozinho.

– Estava bêbado, no entanto achou o buraco da fechadura...

– Onde ele costumava se deitar?

– Aqui... Numa cama portátil...

Ela se levantou mais uma vez, abriu um armário e apontou uma cama de armar dobrada.

– Ela já estava montada?

– Sim... Eu mesmo a deixo montada antes de dormir para evitar que ele faça barulho durante uma meia hora...

– Na segunda-feira ele não se deitou?

– Não... Ouvimos ele subir ao andar de cima...

– Para beijar a filha?

– Ele nunca ia beijar a filha quando se achava nesse estado.

– O que ele foi fazer lá?

– Foi o que nos perguntamos. Ficamos escutando. Abriu o armário no lado que guarda suas coisas. Depois entrou no quartinho que serve de depósito, pois o sobrado não tem sótão. Enfim houve um ruído na escada e precisei reter Roger, que queria ver o que estava acontecendo.

– O que acontecia?

– Ele descia com as malas.

– Quantas malas?

– Duas. Aliás, tínhamos só duas na casa, já que quase nunca viajamos.

– Não falou com ele? Não o viu partir?

– Vi. Quando ele tornou a descer ao living, levantei-me e fiz um sinal a Roger para que ficasse onde estava, para evitar cenas...

– Não teve medo? Não me disse que, quando bebia, seu marido ficava violento e que chegou a ameaçá-la?...

– Roger estava ao alcance da voz...

– Como foi essa última conversa?

– Eu já tinha ouvido, através da porta, que ele falava sozinho num tom de troça... Quando entrei, ele me olhou dos pés à cabeça e começou a rir...

– Estava muito bêbado?

– Não tanto como das outras vezes... Ele não me ameaçou... Não teve atitudes dramáticas e também não chorou... Entende o que quero dizer?... Parecia satisfeito consigo mesmo e se poderia pensar que estava nos pregando uma boa peça.

– Ele não falou?

– Logo de início, disse:

"– Aqui está, minha velha!

"E mostrou-me orgulhoso as duas malas."

Se ela não tirava os olhos de Maigret, este, por sua vez, estava atento aos menores movimentos do seu rosto. Ela deve ter notado isso, mas não pareceu incomodada.

– É tudo?

– Não... Ele ainda pronunciou uma frase embrulhada que significava mais ou menos:

"– Pode examiná-las para se certificar de que não levo nada que lhe pertença...

"Comia uma parte das palavras, falava mais para si mesmo do que para mim..."

– Disse que ele parecia satisfeito?

– Sim. E repito. Como se estivesse se divertindo conosco. Perguntei a ele:

"– Onde você vai?

"Ele fez um gesto tão largo que quase perdeu o equilíbrio.

"– Tem um táxi à porta?

"Ele me olhou com um ar de troça mais uma vez e não me respondeu. Estava com as malas na mão quando o segurei pelo sobretudo.

"– Não é o que está pensando, mas preciso saber seu endereço por conta do divórcio..."

– O que ele respondeu?

– Lembro perfeitamente, pois um pouco mais tarde repeti essa frase a Roger:

"– Você o terá, minha cara... Mais cedo do que imagina..."

– Não falou da filha?

– Não disse nada mais.

– Não foi beijá-la na cama dela?

– Teríamos ouvido, pois o quarto de Isabelle é bem em cima do nosso e o piso range.

– Então ele se dirigiu até a porta com as duas malas... Eram pesadas?

– Não sei... Talvez, mas não demais, pois levou apenas roupas e objetos de toalete...

– Não o acompanhou até a entrada?

– Não.

– Por quê?

– Porque eu pareceria escoltá-lo...

– Não o viu atravessar o pátio?

– As janelas estavam fechadas. Limitei-me, um pouco depois, a passar o ferrolho na porta da entrada...

– Não teve medo de que ele partisse com a caminhonete?

– Eu teria ouvido o ruído do motor...

– Não ouviu nenhum ruído de motor? Não havia um táxi esperando na rua?

– Não sei. Estava muito feliz de vê-lo enfim fora de casa. Corri para o quarto e, se quiser saber tudo, me lancei nos braços de Roger, que havia se levantado e tinha ouvido tudo através da porta...

– Isso foi segunda-feira à noite, não?

– Sim, segunda-feira...

Só na terça é que Maigret pedira à delegacia do 18º para vigiar a casa. A acreditar em Renée Planchon, já era tarde demais.

– Não faz nenhuma ideia do lugar aonde ele possa ter ido?

Maigret ainda podia ouvir as últimas palavras que Planchon lhe disse ao telefone, na mesma segunda-feira, por volta das seis da tarde, quando se achava num bar da Place des Abbesses.

– *Eu lhe agradeço...*

Ele tivera a impressão, naquele momento, de haver na voz do homem uma certa amargura ou ironia. Tanto assim que, se soubesse onde encontrá-lo, teria ligado de imediato.

– Seu marido tinha parentes em Paris?

– Nem em Paris, nem em outro lugar... Sei disso porque a mãe dele era do mesmo vilarejo que eu, Saint-Sauveur, na Vendeia...

Ela ignorava que Planchon vira Maigret e lhe fizera confidências. No entanto, tudo o que ela dizia correspondia ao que o comissário já sabia.

– Acha que ele voltou para lá?

– Para fazer o quê? Ele mal conhece o lugar, só esteve lá duas ou três vezes com a mãe quando era pequeno e, se lhe restam familiares, são primos distantes que nunca se preocuparam com ele...

– Sabe se ele tem amigos?

– No tempo em que ainda era um homem como os outros, era tímido, calado, a ponto de eu ainda hoje me perguntar como conseguiu me dirigir a palavra...

Maigret tentou um pequeno teste.

– Onde o viu pela primeira vez?

– Um pouco abaixo nesta rua, no *Bal des Copains*... Nunca tinha ido lá... Acabara de chegar a Paris e trabalhava no bairro... Eu devia ter desconfiado...

– De quê?

– De um homem com um defeito físico...

– O que esse defeito tem a ver com o caráter dele?

– Não sei... Mas fico imaginando... Essas pessoas passam o tempo todo pensando nisso, sentindo-se diferentes das outras... Imaginam que todos olham para elas e riem delas... São mais suscetíveis do que as outras, mais ciumentas, amarguradas...

– Ele já era amargurado quando casou com a senhora?

– Não lembro... Ele não queria ver ninguém... Quase nunca saíamos... Vivíamos como prisioneiros... Mas ele gostava disso... Estava feliz...

Ela parou de falar e o olhou como para indicar que era o bastante.

– É tudo? – perguntou.

– Por ora, é tudo. Gostaria que me avisasse assim que tiver notícias dele... Deixo-lhe o número do meu telefone.

Ela pegou o cartão que ele estendeu e o pôs em cima da mesa.

– Minha filha vai chegar dentro de alguns minutos...

– Ela não se surpreendeu com a partida do pai?

– Eu disse a ela que ele foi viajar...

Quando foi reconduzido até a porta, Maigret teve a impressão de que ela estava preocupada, de que agora era ela que tinha vontade de retê-lo para lhe fazer perguntas. Mas quais?

– Até logo, sr. comissário...

Ele também não estava muito satisfeito e, com as mãos nos bolsos e a gola do sobretudo erguida, desceu a Rue Tholozé. Cruzou com uma menina que usava duas tranças louras e estreitas, virou-se para acompanhá-la com os olhos e a viu entrar no pátio.

Ele gostaria de ter interrogado Isabelle também.

CAPÍTULO V

A MULHER DE PLANCHON não o havia convidado a tirar o sobretudo, e Maigret permanecera cerca de uma hora na casa bastante aquecida. Agora, na chuva fina, como feita de invisíveis cristais de gelo, o frio o assaltava. Desde o passeio de domingo nesse mesmo bairro, ele tinha a impressão de incubar um resfriado, e foi o que lhe deu a ideia, em vez de descer a Rue Lepic para pegar um táxi na Place Blanche, de virar à esquerda em direção à Place des Abbesses.

Foi de lá que o pintor lhe telefonara segunda-feira à noite, no seu último contato.

Bem mais que a Place du Tertre, transformada numa armadilha para turistas, a Place des Abbesses, com sua boca de metrô, seu Théâtre de l'Atelier com a aparência de um brinquedo ou de um cenário, seus bares, suas lojas, representava aos olhos do comissário o verdadeiro Montmartre popular, e ele lembrou que, ao vê-la pela primeira vez pouco após sua chegada a Paris, numa manhã friorenta mas ensolarada de primavera, julgou-se transportado a um quadro de Utrillo.

Ela fervilhava de gente, o povo miúdo das vizinhanças indo e vindo como num burgo em dia de feira, e parecia haver entre essa gente, como num vilarejo também, um certo ar de família.

Ele sabia por experiência que alguns, entre os mais velhos, praticamente nunca tinham posto os pés fora do bairro, e que havia ainda lojas transmitidas de pai para filho desde várias gerações.

Espiou pela vidraça dos bares até perceber, no balcão onde se vendiam cigarros, uma pequena caixa registradora com aparência de nova.

Foi ali que entrou, lembrando-se dos ruídos ouvidos durante sua conversa com Planchon.

Reencontrou um calor agradável, um cheiro familiar de vinho e de cozinha. As mesas, sete ou oito no máximo, estavam cobertas de toalhas de papel e uma lousa anunciava, como cardápio do almoço, *andouillette** e purê de batatas.

Dois pedreiros de avental já comiam, ao fundo. A patroa, vestida de preto, estava sentada junto ao caixa, diante de uma estante de cigarros, charutos e bilhetes da loteria nacional.

Um garçom, com as mangas arregaçadas até o cotovelo, de avental azul, servia, no balcão, vinho e aperitivos.

Havia uns dez bebendo, e todos os olhares se voltaram para ele. Houve um silêncio bastante longo antes de as conversas recomeçarem.

– Um grogue! – ele pediu.

Não lhe dissera a sra. Maigret que sua voz não tinha o mesmo timbre habitual? Ele provavelmente ficaria rouco.

* Linguiça típica francesa. (N.T.)

– Limão?

– Sim, por favor...

No fundo, à esquerda, perto da cozinha, pôde ver uma cabine telefônica com porta envidraçada.

– Diga-me... Por acaso conhece um cliente que tem o lábio leporino?...

Ele sabia que os vizinhos escutavam, mesmo os que lhe viraram as costas. Estava quase certo de que adivinharam que ele pertencia à polícia.

– Lábio leporino... – repetiu o homem em mangas de camisa que pusera o grogue no balcão e agora passava o vinho de um garrafão a uma garrafa.

Ele hesitava em responder, por uma espécie de solidariedade.

– Um homem não muito alto... Louro puxando para o ruivo...

– O que ele fez?

Um dos consumidores, que parecia um caixeiro-viajante, interveio:

– Não seja ingênuo, Léon!... Se pensa que o comissário Maigret vai lhe dizer isso...

Houve risadas. Não apenas adivinharam que ele pertencia à polícia, mas o haviam reconhecido.

– Ele desapareceu... – murmurou Maigret.

– Popeye?

Léon então explicou:

– Nós o chamamos Popeye porque não sabemos seu nome e porque se assemelha ao personagem dos desenhos animados...

Levando a mão aos lábios como para separá-los em dois, acrescentou:

– O buraco parece feito de propósito para enfiar um cachimbo...

– É um freguês?

– Não exatamente um freguês, pois não se sabe quem é, embora seja com certeza do bairro... Mas vinha com frequência, quase todas as noites...

– Ele veio segunda-feira?

– Espere... Hoje é quinta... Na terça fui ao enterro da velha Nana... Era a vendedora de jornais da esquina... Segunda-feira... Sim... Veio na segunda...

– Pediu ainda uma ficha de telefone – interrompeu a patroa, no caixa.

– Pelas seis horas?

– Um pouco antes do jantar...

– Não falou com ninguém?

– Nunca falava com ninguém... Ficava na ponta do balcão, mais ou menos onde o senhor está, e pedia um primeiro conhaque... Ficava ali, mergulhado em pensamentos que não deviam ser alegres, pois tinha um aspecto meio lúgubre...

– Havia muita gente no fim de tarde de segunda-feira?

– Menos do que agora... À noite não servimos refeições... Alguns clientes jogavam bisca na mesa da esquerda...

Era aquela onde os dois pedreiros estavam comendo a *andouillette* grelhada, e isso abriu o apetite do comissário. Alguns pratos sempre parecem melhores no restaurante, em especial nos pequenos bistrôs, do que em casa.

– Quantos conhaques ele bebeu?

– Três ou quatro, não sei mais... Você sabe, Mathilde?

– Quatro...

– Era a medida dele... Em geral passava um bom tempo por aqui... Algumas vezes chegou a voltar pelas nove ou dez da noite e, nessas ocasiões, não estava muito firme... Suponho que percorria os botecos do bairro...

– Ele nunca participava das conversas?

– Que eu saiba, não... Alguém já falou com ele aqui?

Foi o caixeiro-viajante que tomou de novo a palavra.

– Uma vez tentei, e ele me olhou como se não me visse... É verdade que já estava meio bêbado...

– Nunca lhe aconteceu de criar confusão?

– Não era do tipo que faz isso... Quanto mais bebia, mais calmo ficava... Eu juraria que o vi chorar, sozinho na ponta do balcão...

Maigret tomou um segundo grogue.

– Quem é ele? – perguntou-lhe então o garçom de avental azul.

– Um pequeno empreiteiro de pintura da Rue Tholozé...

– Bem que eu sabia que era do bairro... O senhor acha que ele se suicidou?

Maigret não achava nada, ainda mais agora, depois da sua longa conversa com Renée. Como Janvier havia dito – ou foi Lapointe? –, ela fazia pensar menos numa mulher do que numa fêmea, uma fêmea que se agarra a seu macho e que, se preciso, o defende ferozmente.

Ela não havia se perturbado. Havia respondido a todas as perguntas e, se às vezes hesitou, é talvez por não ser muito inteligente e por querer compreender bem o sentido.

Quanto mais rústicas as pessoas, mais se mostram desconfiadas, e ela não evoluíra muito desde que deixou seu vilarejo na Vendeia.

– Quanto lhe devo?

Todos os olhares o acompanharam quando saiu. É certo que, tão logo fechada a porta, passariam a falar dele. Estava habituado a isso. Encontrou quase em seguida um táxi e foi para casa.

Comeu um assado de vitela sem apetite, e sua mulher não entendeu por que ele lhe disse de repente:

– Amanhã prepare *andouilletes*...

Às duas da tarde estava no Quai des Orfèvres. Antes de subir até sua sala, passou na brigada encarregada de vigiar pequenos hotéis e pensões.

– Gostaria que tentassem localizar um certo Léonard Planchon, pintor, 36 anos, domiciliado na Rue Tholozé... É possível que segunda-feira à noite, bastante tarde, tenha se instalado com suas malas num hotel, provavelmente um hotel modesto e em Montmartre... É um homem baixo, cabelos louros puxando para o ruivo, com um lábio leporino...

Foram consultar as fichas, visitar pequenos hotéis.

Alguns instantes mais tarde, sentado diante de seus cachimbos entre os quais hesitava em escolher, ele mandou chamar Lucas.

– Peça para divulgar uma nota aos motoristas de táxi... Quero saber se um deles embarcou um cliente com duas malas, segunda-feira, por volta da meia-noite, nas proximidades da Rue Lepic ou da Place Blanche...

Repetiu a descrição, chamou a atenção para o lábio leporino.

– Quanto a você, alerte as estações ferroviárias, para todos os efeitos...

Eram apenas atos de rotina, e Maigret não parecia acreditar muito neles.

– Seu cliente de sábado desapareceu?

– Parece que sim...

Ficou cerca de uma hora sem pensar no caso, ocupado com outros assuntos. Depois se levantou para acender as lâmpadas, pois o céu ficava cada vez mais escuro.

De súbito, decidiu ir falar com o diretor.

– Preciso lhe falar de uma história que está me incomodando...

Sentia-se um tanto ridículo de dar tanta importância a ela e, à medida que falava, contando a conversa ocorrida em sua casa no sábado, dava-se conta de que seu relato era pouco convincente.

– Não acha que se trata de um louco ou semilouco?

O diretor também os conhecia, pois alguns, à força de obstinação ou de astúcia, conseguiam se fazer receber por ele. Às vezes era somente no final de um longo monólogo que se descobria que a história não fazia sentido...

– Não sei... Falei com a mulher dele...

E resumiu a conversa da manhã com Renée.

O diretor da P.J., como era de se esperar, não via as coisas com os mesmos olhos e pareceu surpreso com a perturbação de Maigret.

– Receia que ele tenha se suicidado?

– É uma das possibilidades...

– Acaba de me dizer que ele lhe falou de se destruir... O que não entendo, nesse caso, é que tenha tido o cuidado de buscar suas coisas e de sair carregando duas malas...

Maigret fumava o cachimbo sem dizer nada.

– Talvez ele quisesse se afastar de Paris... Ou quem sabe se instalou no primeiro hotel que viu... – continuou o diretor.

O comissário balançou a cabeça.

– Eu gostaria de saber mais – suspirou. – Queria lhe pedir a permissão de convocar o amante em minha sala...

– Que tipo de homem ele é?

– Não o vi, mas, pelo que sei, não deve ter um caráter fácil... Há também os funcionários, a quem gostaria de fazer algumas perguntas...

– No ponto em que estamos com o Ministério Público, eu preferiria que desse uma breve explicação ao procurador...

Sempre o mesmo antagonismo, mais ou menos surdo e velado, entre a P.J. e esses senhores do Palácio da Justiça. Maigret se lembrou do tempo em que podia levar um inquérito até o fim sem dar explicações a quem quer que fosse, só entrando em contato com um juiz de instrução quando um caso estivesse terminado.

Depois vieram novas leis, decretos a não acabar mais e, para permanecer na legalidade, era preciso vigiar tudo o que se fazia. Mesmo sua visita da manhã, na Rue Tholozé, poderia, se Renée Planchon quisesse fazer uma queixa, lhe causar sérios problemas.

– Não vai esperar o resultado das buscas?

– Tenho o pressentimento de que não darão em nada.

– Então vá, se insiste. Desejo-lhe boa sorte...

Foi assim que, por volta das cinco da tarde, Maigret atravessou a pequena porta que separa a Polícia

Judiciária de um mundo bem diferente, instalado no mesmo Palácio da Justiça.

Do outro lado estavam os procuradores, os juízes, as salas de audiência, os vastos corredores nos quais se agitavam advogados de toga preta que pareciam bater asas.

As salas do Ministério Público eram solenes e suntuosas, comparadas às da polícia. Ali se observava uma etiqueta rigorosa e se falava em voz baixa.

– Vou anunciá-lo ao juiz substituto Méchin... É o único que está livre no momento...

Ele esperou um longo tempo, como outros esperavam para vê-lo na gaiola de vidro da P.J. Então uma porta se abriu para uma sala em estilo Império e seus pés pisaram um tapete vermelho.

O substituto era alto, louro e seu terno escuro tinha um corte elegantíssimo.

– Sente-se, por favor... Do que se trata?...

E olhou seu relógio de platina no pulso, como um homem cujos instantes são preciosos e que devia ir tomar chá em algum salão aristocrático.

Parecia vulgar e quase de mau gosto, ali, evocar o pequeno pintor de paredes da Rue Tholozé, seu longo relato duas ou três vezes interrompido para beber um licor de ameixas, suas lágrimas, seus impulsos de paixão.

– Ainda não sei se trata-se de um simples desaparecimento, de um suicídio ou de um crime...

Resumiu como pôde a situação. O substituto o escutava, contemplando as próprias mãos com unhas tratadas por manicure. Eram mãos muito bonitas, com dedos longos e finos.

– O que o senhor propõe fazer?

– Gostaria de ouvir o amante, o tal Roger Prou... Também os três ou quatro operários empregados na Rue Tholozé...

– É um homem que pode protestar ou causar-nos aborrecimentos?

– Temo que sim.

– Acha que é necessário?

Mais ainda do que na sala do diretor, o caso adquiria ali um aspecto bem diferente, e Maigret foi tentado a abandoná-lo, a apagar de sua memória o homenzinho com lábio leporino que fizera uma irrupção grotesca na vida do Boulevard Richard-Lenoir.

– Qual é sua ideia por trás disso?

– Não tenho nenhuma... Tudo é possível... É justamente para formar uma ideia que sinto necessidade de ver esse Prou...

Quando não esperava mais um acordo, o substituto levantou-se, após olhar para ele uma vez mais.

– Envie-lhe uma convocação para informação... Mas seja prudente... Quanto aos operários, se insiste mesmo...

Um quarto de hora mais tarde, Maigret, na sua sala, preenchia os espaços de um requerimento administrativo. Depois chamou Lucas.

– Quero o nome e os endereços dos operários que trabalham na firma Planchon, Rue Tholozé... Entre em contato com a Previdência Social... Eles devem ter as listas em seus fichários...

Uma hora depois ele preenchia três outros requerimentos, pois, além de Roger Prou, apenas outros três operários estavam inscritos, inclusive um jovem italiano chamado Angelo Massoletti.

Feito isso, até as nove da noite ouviu testemunhas a respeito dos roubos de joias, sobretudo empregados dos hotéis onde esses roubos tinham sido cometidos. Comeu sanduíches, voltou para casa e bebeu mais um grogue com dois comprimidos de aspirina antes de ir para a cama.

Às nove horas da manhã seguinte, um homem robusto, de cabelos brancos, rosto rosado, já esperava na antecâmara, e alguns minutos mais tarde o introduziram na sala de Maigret.

– Chama-se Jules Lavisse?

– Meu apelido é Pépère... Também me chamam São Pedro, certamente porque tomam meus cabelos por uma auréola...

– Sente-se...

– Obrigado... Costumo estar mais numa escada do que numa cadeira...

– Trabalha há muito tempo para Léonard Planchon?

– Já trabalhava com ele quando era apenas um rapaz e o patrão se chamava Lempereur...

– Então sabe do que está acontecendo na casa da Rue Tholozé...

– Isso depende...

– Depende de quê?

– Do que o senhor fizer com o que eu possa dizer...

– Não compreendo...

– Se for para falar disso à patroa ou ao sr. Roger, sou apenas um funcionário que não sabe de nada... Com mais razão ainda, se tiver que repetir minhas palavras diante de um tribunal...

– Por que o tribunal?

– Quando convocam as pessoas aqui, é que houve algo não muito católico, não é mesmo?

– Tem a impressão de que houve algo, na Rue Tholozé, não muito católico?

– O senhor não me respondeu.

– Há todas as chances de que essa conversa ficará entre nós...

– O que o senhor quer saber?

– Quais eram as relações entre seu patrão e a mulher dele?

– Ela não lhe disse?... Eu o vi atravessar o pátio e ficou cerca de uma hora com ela...

– Prou é amante dela há muito tempo?

– Se é amante dela, não sei... Mas há dois anos dorme na casa...

– E qual foi, desde então, a atitude de Planchon?

O velho pintor deu um sorriso de troça.

– A atitude de um corno, ora!

– Está querendo dizer que ele aceitava de bom grado a situação?

– De bom ou de mau grado, não lhe restava outra coisa a fazer...

– Mesmo assim ele continuou na casa.

– Talvez tivesse a ilusão de estar em sua casa, mas era sobretudo a casa dela...

– Quando ele a desposou, ela não tinha nada...

– Estou lembrado... Seja como for, a primeira vez em que a vi compreendi que ele não teria mais nada a dizer...

– Pensa que Planchon é um fraco?

– Talvez seja a palavra... Eu diria mais que é um bom sujeito e um coitado... Poderia ter sido feliz com qualquer mulher... Teve o azar de gostar dessa...

– No entanto eles foram felizes durante vários anos...

O velho sacudiu a cabeça, cético.

– Se quiser...

– Não é a sua opinião?

– Talvez ele fosse feliz... Talvez ela fosse feliz pelo lado dela... Mas não eram felizes juntos...

– Ela o enganava?

– Acho que o enganou antes mesmo de se instalar na Rue Tholozé... Observe que não a vi... Mas a partir do momento em que se tornou a sra. Planchon...

– Com quem?

– Com qualquer macho... Com quase todos os operários que passaram pela casa... Se eu ainda tivesse a idade...

– Planchon não suspeitava de nada?

– E os maridos por acaso suspeitam de alguma coisa?

– E com Prou?

– Ela se viu nos braços de um sujeito duro, um homem que tinha uma ideia na cabeça... Ele não se contentou, como os outros, de obter um prazer furtivo...

– Acha que desde o início a intenção dele era suplantar o patrão?

– Primeiro na cama... Depois no comando da firma... Mas, veja, se repetir o que estou lhe dizendo, terei de buscar em seguida um outro emprego... Sem contar que ele poderia me esperar um dia na esquina...

– É um homem violento?

– Nunca o vi bater em ninguém, mas prefiro não ser seu inimigo...

– Quando viu Planchon pela última vez?

– Até que enfim! O senhor demorou a fazer a pergunta. Eu tinha a resposta pronta ao chegar, pois achei que seria a primeira que me faria. Segunda-feira, às cinco e meia da tarde...

– Onde?

– Na Rue Tholozé... Eu não estava trabalhando na mesma obra que ele... Minha tarefa era pintar uma cozinha na casa de uma velha senhora da Rue Caulaincourt, enquanto o patrão e os outros se ocupavam de uma casa nova da Avenue Junot... Um trabalho grande... Três semanas pelo menos... Passei na Rue Tholozé por volta de cinco e meia, como lhe disse, e estava no depósito quando a caminhonete entrou no pátio... O patrão ao volante, Prou ao lado dele, Angelo e o Grand Jef no banco de trás...

– Não notou nada de especial?

– Não. Eles descarregaram o material, e o patrão, como de hábito, entrou na casa para trocar de roupa... Sempre se trocava após o trabalho...

– Sabe onde ele passava as noites?

– Cheguei a encontrá-lo.

– Onde?

– Nos botecos... Depois que Prou se instalou na casa, passou a beber muito, sobretudo à noite.

– Alguma vez teve a impressão de que ele poderia se suicidar?

– Isso nunca me ocorreu.

– Por quê?

– Porque, quando se aceita durante dois anos uma situação como essa, não há razão para não aceitá-la pelo resto da vida...

– Nunca ouviu falar que ele não era mais o patrão?

– Havia muito deixara de ser... Faziam-no supor que fosse, mas na realidade...

– Ninguém lhe anunciou que Prou comprou o negócio?

Pépère o fitou com um olhar agudo, sacudiu a cabeça.

– Eles conseguiram fazê-lo assinar um papel?

E, como se falasse consigo mesmo:

– São ainda mais espertos do que eu imaginava...

– Prou não lhe falou?

– Estou sabendo agora... Não me surpreendo... Foi por isso que ele partiu?... Eles finalmente o puseram na rua?...

Mesmo assim a notícia pareceu contrariá-lo.

– O que compreendo menos é que não tenha levado a filha... Eu estava convencido de que era por ela que suportava tudo isso...

– Não lhe anunciara nada, terça-feira?

– Prou nos anunciou que Planchon havia partido.

– Não disse em quais circunstâncias?

– Apenas que estava completamente bêbado quando foi buscar suas coisas...

– O senhor acreditou?

– Por que não?... Não foi assim que as coisas aconteceram?

Seu olhar se tornou curioso.

– Tem uma outra ideia em mente, não tem?

– E o senhor?

– Sabe, as ideias e eu...

– Não ficou surpreso?

– Eu disse à minha mulher, ao voltar para casa à noite, que sem dúvida Planchon não iria muito longe...

Em matéria de amor, pode-se dizer que esse homem amou sua mulher... A ponto de virar um idiota... Quanto à filha, era para ele o Santíssimo Sacramento...

– Vocês pegaram a caminhonete terça-feira de manhã?

– Todos nos instalamos nela... Prou conduzia... Ele me deixou na Rue Caulaincourt, defronte à casa da velha senhora...

– Não observou nada de anormal?

– Havia latas de tinta, como sempre, rolos de papel pintado, pincéis, esponjas, que mais? Sei lá...

– Eu lhe agradeço, sr. Lavisse.

– É tudo?

O velho parecia desapontado.

– Gostaria que eu lhe fizesse outras perguntas?

– Não. Pensei que seria mais longo. É a primeira vez que venho aqui...

– Se lhe vier à memória alguma coisa, não hesite em vir me ver ou em telefonar...

– Prou me perguntará sobre o que falamos...

– Diga-lhe que me informei sobre Planchon, sobre seu comportamento, sobre as chances de que tenha se suicidado...

– São muitas?

– Sei tanto quanto o senhor...

Ele foi embora, e alguns instantes depois o jovem italiano chamado Angelo ocupava seu assento ainda aquecido. Ele estava na França havia apenas seis meses, e Maigret foi obrigado a repetir-lhe duas ou três vezes cada pergunta.

Uma delas pareceu surpreendê-lo.

– Sua patroa nunca lhe fez propostas?

Pois era um belo adolescente de olhos doces.

– Propostas?

– Não tentou seduzi-lo na casa?

Isso o fez rir.

– E o sr. Roger? – protestou.

– Ele é ciumento?

– Creio que sim...

E fez o gesto de fincar um punhal num peito.

– Não voltou a ver o sr. Planchon desde segunda-feira?

Com relação a ele, foi tudo. O terceiro operário, convocado para as onze horas, o que seus colegas chamavam Grand Jef, limitou-se a responder à maior parte das perguntas:

– Não sei...

Ele não queria se envolver nos assuntos dos outros e não parecia ter simpatia pela polícia. É verdade que Maigret descobriria a seguir que fora preso duas ou três vezes por desordem pública e uma vez por lesões e ferimentos, após ter quebrado uma garrafa na cabeça de um de seus companheiros de bar.

Maigret almoçou na Brasserie Dauphine com Lucas, embora este nada tivesse a lhe informar. A circular aos motoristas de táxi ainda não dera resultados. O que não queria dizer nada, pois alguns evitavam tanto quanto possível contatos com a polícia. Eles não ignoravam o que isso poderia representar de tempo perdido, de interrogatórios no Quai des Orfèvres e com o juiz de instrução, sem falar, às vezes, de duas ou três jornadas a esperar na sala de testemunhas do tribunal.

Quanto à brigada de hotéis e pensões, embora uma das mais eficazes, ela não havia encontrado sinais de

Planchon. Este, no entanto, pelo que se podia julgar a seu respeito, não era homem de se apresentar com uma carteira de identidade falsa. Se hospedou-se num hotel ou pensão, sem dúvida foi em seu nome.

A última imagem que se tinha dele era a de um homenzinho carregando duas malas e descendo, por volta da meia-noite, a Rue Tholozé. Claro que podia ter pegado um ônibus para ir a uma estação ferroviária onde ninguém necessariamente o notaria.

– O que pensa disso, chefe?

– Ele me prometeu telefonar todos os dias... Não o fez no domingo, mas na segunda-feira me ligou...

Planchon não havia matado Renée e seu amante. Decidira partir de forma repentina? Por volta das oito da noite, deixara o bar da Place des Abbesses e, naquele momento, já havia bebido vários conhaques. É muito provável que tenha entrado em outros botecos. Pesquisando bem nos arredores, talvez se chegasse a localizar sua pista.

Estando bêbado, que ideia poderia lhe passar na cabeça?

– Se ele se jogou no Sena, podem se passar semanas até o corpo ser encontrado... – murmurou Lucas.

Era sem dúvida grotesco imaginar o homem de lábio leporino enchendo duas malas com seus pertences e arrastando-as pelas ruas para ir se jogar no Sena.

Maigret, que continuava incubando um resfriado sem que este se declarasse abertamente, tomou um conhaque com o café e às duas horas estava de volta à sua sala.

Roger Prou o fez esperar uns dez minutos, e o comissário, como para se vingar, o deixou de molho na sala de espera até quinze para as três. Lucas foi observá-lo duas ou três vezes através do vidro.

– Qual o aspecto dele?

– Pouco à vontade.

– O que ele faz?

– Lê um jornal, mas não para de levantar os olhos em direção à porta...

Joseph enfim o introduziu na sala, e Maigret continuou sentado, com o cachimbo entre os dentes, inclinado sobre papéis que pareciam reter toda a sua atenção.

– Sente-se... – resmungou, apontando uma das cadeiras.

– Não estou com toda a minha tarde livre...

– Já lhe atendo num instante...

E continuou a ler, a marcar algumas frases com lápis vermelho. Isso ainda durou uns dez minutos, até que Maigret se levantou, abriu a porta da sala dos inspetores, ficou mais algum tempo a dar instruções em voz baixa.

Somente então é que olhou de frente o homem sentado numa das cadeiras estofadas de veludo verde. E foi com a voz mais neutra que pronunciou, retomando seu lugar à mesa:

– Seu nome é Roger Prou?

CAPÍTULO VI

– Roger Étienne Ferdinand Prou... – ele respondeu, separando as sílabas. – Nascido em Paris, Rue de la Roquette...

Erguendo-se ligeiro da cadeira, tirou uma carteira do bolso de trás da calça e dela a identidade, que pôs em cima da mesa, observando:

– Suponho que o senhor quer provas...

Estava recém-barbeado, vestindo um terno azul que devia ser o traje de domingo. Maigret não se enganara ao imaginá-lo com cabelos abundantes, testa curta e sobrancelhas grossas.

Era um belo macho, assim como Renée era uma bela fêmea, e, por sua tranquilidade agressiva, eles lembravam feras. Embora tivesse respondido com maus modos, porque lhe faziam perder seu tempo e o dos empregados, Prou não se deixou desmontar pelo joguinho clássico do comissário e era acima de tudo ironia que seus olhos exprimiam.

No campo ele teria sido o galo da aldeia, aquele que, aos domingos, leva os companheiros para ir provocar os rapazes do vilarejo vizinho e que engravida as mulheres.

Na fábrica teria sido o agitador, enfrentando os chefes e criando incidentes para estabelecer seu prestígio junto aos colegas.

Com seu porte físico, e com o caráter que Maigret julgava adivinhar-lhe, também poderia ser um cafetão, não na Place de l'Étoile, mas no bairro da Porte Saint-Denis ou na Bastilha, e dava para imaginá-lo jogando cartas o dia inteiro nos botecos, espiando a calçada com um olhar vigilante.

Talvez pudesse ainda ser o chefe de um bando de delinquentes, não um cara perigoso, é certo, mas o organizador, por exemplo, de roubos noturnos nos depósitos em torno da Gare du Nord ou da periferia próxima.

Maigret afastou em direção dele a identidade, que estava em ordem.

– Trouxe o papel que lhe pedi?

Prou havia conservado a carteira na mão e, sempre calmo, com dedos grossos que não tremiam, extraiu dali a folha, assinada por Léonard Planchon, que fazia dele o proprietário, com sua amante, da firma de pintura.

Estendeu-a ao comissário, mostrando sempre a mesma fleuma desdenhosa.

Maigret levantou-se, dirigiu-se mais uma vez à sala dos inspetores, permaneceu de pé entre as duas peças a fim de não perder seu visitante de vista.

– Lapointe!

E, em voz baixa:

– Leve isto ao sr. Pirouet... Ele está a par...

Tratava-se do laboratório de polícia científica, lá em cima, nas águas-furtadas do Palácio da Justiça. O sr. Pirouet era uma aquisição recente do serviço, um homem curioso, gordo e jovial, que foi visto com certa desconfiança quando passou a trabalhar como químico auxiliar, pois parecia mais um caixeiro-viajante. Foi por ironia que se habituaram a chamá-lo sr. Pirouet, acentuando o “senhor”.

No entanto, ele se mostrara um colaborador de primeira ordem, um inventor cheio de ideias que já construíra com as próprias mãos vários aparelhos engenhosos e que, além do mais, revelou-se também um grafologista espantoso.

Já antes da visita de Prou, Maigret enviara um inspetor à Previdência Social a fim de obter folhas de pagamento com a assinatura de Planchon.

O tempo estava cinzento. A neblina começava a descer nas ruas como no sábado anterior.

O comissário retomou calmamente seu lugar, como em câmera lenta, e foi Prou, apesar do autocontrole, quem primeiro falou:

– Presumo que, se me convocou, é porque tem perguntas a me fazer...

Maigret o fitou com uma expressão cordial, um pouco irônica, no rosto.

– Claro... – respondeu com a ponta dos lábios. – Sempre tenho perguntas a fazer, mas não sei exatamente quais...

– Previno-lhe que, se está zombando de mim...

– Não tenho a intenção de zombar de você... Seu ex-patrão, Planchon, desapareceu, e gostaria de saber o que foi feito dele...

– Renée lhe disse...

– Ela me disse que ele partiu segunda-feira à noite levando duas malas... Você também o viu partir, não?

– Espere! Não me faça dizer o que eu não disse... Eu o *ouvi*... Estava atrás da porta...

– Então não o viu partir?

– É como se fosse a mesma coisa... Ouvi a conversa... Ouvi também que ele subiu ao andar de cima para pegar suas coisas... Depois os passos dele no corredor, a porta de entrada voltando a ser fechada, e de novo os passos dele no pátio...

– A partir desse momento, ele desapareceu.

– Como sabe? Não é porque um homem sai de casa que ele desaparece...

– Acontece que Planchon deveria me telefonar na terça-feira.

Maigret não tinha preparado o interrogatório, e essa frase, aparentemente sem importância, veio da inspiração do momento. Claro que ele não tirava os olhos do interlocutor. A reação de Prou o enganou? Houve, com certeza, como um pequeno choque. Era evidente que o homem não contava com essa revelação. Suas sobrancelhas grossas se franziram. Ele pareceu, em alguns segundos, avaliar a situação, considerar tudo o que essas poucas palavras implicavam.

– Como sabe que ele deveria telefonar?

– Porque ele me prometeu.

– O senhor o conhecia?

Maigret, evitando responder, enchia um cachimbo com gestos minuciosos que teriam exasperado qualquer um. Mas Roger Prou continuou a não mostrar qualquer sinal de nervosismo.

– Falemos antes de você... Tem 28 anos?...

– Tenho 29...

– Nasceu na Rue de Roquette... O que fazia seu pai?

– Carpinteiro... Tinha e ainda tem uma oficina no fundo de uma rua sem saída... Já que quer saber tudo, ele é especializado em restaurar móveis antigos...

– Tem irmãos e irmãs?

– Irmãs...

– Então foi o único rapaz da família... Seu pai não tentou lhe ensinar sua profissão?... É uma profissão hoje rara, acredito, e na qual se ganha bem a vida...

– Trabalhei com ele até os dezesseis anos de idade...

Falou de propósito como se recitasse uma lição na escola.

– E a seguir?

– Enchi o saco.

– Preferiu tornar-se pintor de prédios?

– Não logo... Minha ideia era ser ciclista... Não em estradas, não no Tour de France... Corredor de pistas de velocidade!... Durante dois anos corri como júnior no Velódromo de Inverno...

– Isso lhe permitia ganhar a vida?

– Não. E foi por compreender que eu era muito pesado e nunca me tornaria um ás que abandonei a bicicleta... Quer saber a continuação?

Maigret fez sinal que sim e tirou baforadas lentas do cachimbo, enquanto a mão brincava com um lápis.

– Antecipei a convocação para prestar logo meu serviço militar...

– Já tinha um plano?

– Perfeitamente... E não há razão alguma para não lhe dizer... Ganhar bastante dinheiro para ser um homem livre...

– O que fez ao retornar a Paris?

– Primeiro trabalhei num estacionamento de carros, onde a vida era muito monótona para o meu gosto... Sem contar que tinha sempre o patrão na minha cola e as jornadas de trabalho eram de dez ou doze horas... Durante alguns meses fui aprendiz de serralheiro... Por fim um colega me arranjou um emprego numa empresa de pintura...

– A do Planchon?

– Não, ainda não... A Desjardins et Brosse, no Boulevard Rochechouart...

Estavam se aproximando de Montmartre e da Rue Tholozé.

– Conseguiu poupar algum dinheiro?

Prou percebeu o sinal.

– Claro...

– Muito?

– O máximo que eu podia...

– Quando começou a trabalhar com Planchon?

– Há pouco mais de dois anos... Discuti com um dos chefes... Além disso, a empresa era muito grande... Eu tinha vontade de trabalhar numa empresa pequena...

– Continuava a morar com seus pais?

– Há muito eu vivia sozinho num quarto alugado...

– Onde?

– No começo da Rue Lepic... Na pensão Beauséjour...

– Suponho que conheceu Planchon num bar e que ele lhe disse que buscava um bom funcionário...

Prou franziu uma vez mais as sobrancelhas, e Maigret não ficou muito surpreso por encontrar nele reações quase idênticas às de Renée.

– O que está tentando me fazer dizer?

– Nada... Apenas me informo... Planchon frequentava os botecos do bairro... É natural pensar...

– O senhor pensa enviesado...

– É possível também que tenha sido a sra. Planchon que o encontrou, quando ela fazia compras ou...

– Foi para vir com essa conversa que me convocou?

Podia-se imaginar que fosse se levantar e se dirigir até a porta.

– Não conheci Renée antes de trabalhar na Rue Tholozé. E tem mais! Não foi ela que me fez entrar na casa do seu marido!... Certo?

Maigret repetiu com um sorriso estranho:

– Certo!... Você respondeu a um anúncio?... Viu, ao passar diante da entrada, um cartaz solicitando um funcionário?...

– Não havia cartaz... Entrei ali por acaso e aconteceu justamente que precisavam de alguém...

– Depois de quanto tempo se tornou amante da sra. Planchon?

– Escute! Não tem o direito de entrar assim na vida privada das pessoas!

– Planchon desapareceu.

– O senhor é quem diz.

– Não é obrigado a responder.

– E se eu não responder?

– Estarei livre para tirar conclusões.

Prou disse enfim, com desdém:

– Digamos uma semana...

– Ou seja, quase amor à primeira vista?

– Houve uma ligação imediata entre nós dois...

– Sabia que essa ligação, como diz, havia acontecido com a maior parte de seus colegas?

De repente o sangue subiu às faces de Prou e, por alguns segundos, ele contraiu os maxilares.

– Sabia? – insistiu Maigret.

– Isso não lhe interessa.

– Você a ama?

– É assunto meu.

– Após quanto tempo Planchon o surpreendeu?

– Ele não nos surpreendeu...

Maigret fingiu surpresa.

– Achei que ele o tivesse pegado em flagrante delito e foi por causa disso que...

– Que o quê?

– Um instante... Deixe-me pôr ordem nas ideias... Você era um dos funcionários de Planchon e, quando a ocasião se apresentava, deitava com a mulher dele... Continuava morando na Rue Lepic?

– Sim...

– Ora, um belo dia você se instalou no sobrado da Rue Tholozé e de certo modo expulsou Planchon de sua cama para tomar o lugar dele...

– O senhor o viu?

– Quem?

– Planchon... Disse há pouco que ele deveria lhe telefonar... Portanto estava em contato com o senhor... Ele veio vê-lo?... Queixou-se de nós?...

Nesses momentos, o olhar de Maigret tornava-se vago, e toda a sua pessoa se impregnava de uma passividade exasperante. Sem parecer ter ouvido a pergunta, ele dirigiu um olhar frouxo à janela e, sempre fumando o seu cachimbo, murmurou como se falasse a si mesmo:

– Tento imaginar a cena... Planchon volta para casa, à noite, e encontra uma cama portátil instalada para ele na sala de refeições... Suponho que esse homem se surpreende... Até então nada sabia do que se passava às suas costas e eis que, de uma hora para outra, fica sabendo que não tem mais o direito de deitar na sua cama...

– Isso o diverte?

Sempre parecendo calmo, Prou tinha os olhos duros e brilhantes e, de vez em quando, ouvia-se um estalo dos maxilares.

– Você a ama tanto assim?

– É minha mulher!

– Legalmente ainda é a de Planchon... Por que sua amante não se divorciou?

– Porque, para se divorciar, é preciso haver o consentimento dele, e ele se recusava obstinadamente...

– Ele a amava também?

– Não sei, isso não me interessa. Vá perguntar-lhe o senhor mesmo... Se o viu, sabe tão bem quanto eu que não é um homem... É um farrapo!... É uma criatura desprezível!... É...

A voz se tornou mais exaltada.

– Ele é o pai de Isabelle...

– E acha que Isabelle não prefere ter a mim em casa a esse sujeito que se embriaga toda noite e às vezes vai chorar junto à cama da menina?...

– Planchon não bebia antes de você começar a trabalhar para ele...

– Foi ele que lhe disse?... E acreditou?... Nesse caso, tudo o que dizemos não serve para nada e estamos perdendo tempo... Devolva meu papel, faça-me as perguntas que ainda tem a fazer e acabemos logo com isso... Para mim tanto faz que me atribua o papel de vilão...

– Há uma coisa que não compreendo.

– Só uma? – ele ironizou.

E Maigret, como se não tivesse ouvido, continuou, sempre de forma lenta e monótona:

– Há pouco mais de quinze dias Planchon lhe cedeu sua parte na empresa... Você e sua amante passaram, portanto, a ser os proprietários... Suponho que não estava nas intenções de Planchon continuar trabalhando sob as ordens de vocês...

– A prova é que ele partiu...

– No entanto permaneceu duas semanas...

– Isso o surpreende porque o senhor imagina que as pessoas devem agir desse ou daquele modo, segundo o que lhe parece lógico... Acontece que esse homem não agia segundo a lógica... Caso contrário, não teria dormido durante dois anos numa cama de armar enquanto sua mulher estava deitada comigo na peça vizinha... Consegue compreender?

– Portanto, a partir da assinatura do documento de venda, ele estava resignado a partir...

– Ficou acertado entre nós...

– De certo modo, você tinha o direito de colocá-lo na rua...

– Não sei, não sou advogado... O fato é que tivemos a paciência de esperar duas semanas...

Ao mesmo tempo em que escutava, o comissário revia o homenzinho de lábio leporino confessando-se na sala do Boulevard Richard-Lenoir, enquanto a mesa estava posta para o jantar atrás da porta envidraçada. Com certeza Planchon havia bebido, para ter coragem, como disse, e Maigret, sentindo-o fraquejar, servira-lhe o licor de ameixa. Mesmo assim suas palavras emitiam um som de verdade.

Contudo... Não havia Maigret, já no sábado à noite, sentido um mal-estar? Não lhe havia acontecido, por duas ou três vezes, de duvidar e de olhar seu interlocutor com olhos endurecidos de súbito?

Seu longo monólogo fora marcado pelo sinal da paixão.

Mas Renée, naquela manhã, embora mais calma, não se mostrara menos apaixonada.

E acontecia a Prou, que se esforçava por manter o autocontrole, de cerrar os dentes.

– Por que acha que, na segunda-feira à noite, ele decidiu bruscamente partir?

O outro alçou os ombros com indiferença.

– Ele estava com os trinta mil francos? – insistiu Maigret.

– Não perguntei a ele.

– Quando lhe entregou esse dinheiro, duas semanas antes, o que ele fez em seguida?

– Subiu ao andar de cima... Suponho que o escondeu em algum lugar...

– Não o levou ao banco?

– Não naquele dia, pois isso se passou à noite, logo após o jantar.

– No escritório?

– Não. No living. Esperamos que a menina fosse para a cama...

– Já haviam falado juntos a esse respeito? Tudo estava acertado entre vocês, inclusive a soma? Suponho que você guardava o dinheiro no escritório...

– Não. No quarto.

– Por receio de que ele pegasse?

– Porque o quarto era meu e dela.

– Você tem 29 anos... Só teve ocasião de fazer economias depois do seu serviço militar... De que maneira, em tão pouco tempo, pôde poupar tanto dinheiro?

– Eu tinha apenas uma parte, um terço exatamente.

– Onde encontrou o resto?

Ele não pareceu de modo algum embaraçado. Pelo contrário! Era como se esperasse essa pergunta do comissário e continuou, mal escondendo sua satisfação:

– Meu pai me emprestou dez mil... Ele trabalhou bastante tempo para juntar economias... Quanto aos outros dez mil, foi o marido de minha irmã que me emprestou... Ele se chama Mourier, François Mourier, e tem uma casa de carnes no Boulevard de Charonne...

– Quando obteve esses empréstimos?

– Na véspera de Natal... Esperávamos nos livrar de Planchon em seguida...

– Nos livrar?

– Dar-lhe o dinheiro e vê-lo deixar a casa, ora! O senhor me compreendeu muito bem.

– Suponho que assinou recibos...

– Mesmo com a família, quero que as coisas se passem de modo regular.

Maigret empurrou em direção a ele um bloco e um lápis.

– Pode escrever-me o endereço exato do seu pai e do seu cunhado?

– A confiança reina!

Mesmo assim ele escreveu os dois endereços. Sua escrita era aplicada, mas regular, quase escolar. No momento em que o comissário retomou o bloco, o telefone tocou.

– Aqui é Pirouet... Terminei... O senhor quer vir ver ou prefere que eu desça?

– Eu subo...

E, falando a Prou:

– Dá licença um instante?

Foi até a sala vizinha, deixando a porta aberta. Disse a Lapointe:

– Entre na minha sala e o vigie...

Alguns minutos depois chegou às águas-furtadas, apertou a mão de Moers, passou rente ao manequim que servia para as reconstituições e penetrou no laboratório.

O sr. Pirouet, com o rosto brilhando de suor, estava de pé diante de duas ampliações fotográficas ainda úmidas, mantidas por prendedores.

– E então?

– Preciso lhe fazer uma pergunta, chefe... O sujeito que assinou esse papel bebe muito?

– Por quê?

– Porque isso explicaria a diferença de escrita... Veja primeiro a assinatura no borderô da Previdência Social... A letra não é muito firme... Eu diria que é a de um homem instável, porém capaz de se controlar... O senhor o conhece?

– Sim. Esteve diante de mim durante quase uma noite inteira...

– Quer que eu lhe dê minhas impressões a respeito dele?

E, como Maigret fez um sinal afirmativo:

– É um indivíduo que recebeu apenas uma instrução primária, mas que sempre foi aplicado. Tem uma timidez quase doentia, no entanto com ímpetos de orgulho. Esforça-se para parecer calmo, senhor de si, quando em realidade é um apaixonado...

– Nada mal!

– Algo se passa com a saúde dele... Está doente ou se julga doente...

– E a assinatura do documento de venda?

– Foi por causa disso que lhe perguntei se ele bebia. A escrita é bastante diferente... Talvez seja a mesma mão, mas nesse caso quem assinou ou estava bêbado ou dominado por uma forte emoção... Veja o senhor mesmo... Compare... Aqui os traços são regulares, embora um pouco trêmulos, como acontece com um homem que bebe, mas que, no momento de escrever, não está embriagado... No documento de venda, ao contrário, todas as letras carecem de firmeza...

– Acha que pode ter sido o mesmo homem?

– Na hipótese que acabo de lhe dizer, sim... Caso contrário, trata-se de uma falsificação... É comum encontrar nas falsificações a mesma imprecisão, os mesmos indícios de emoção...

– Eu lhe agradeço. A propósito, a escrita que examinou tem pontos em comum com esta?

E mostrou-lhe os dois endereços traçados numa folha de papel por Roger Prou alguns minutos antes. O sr. Pirouet não precisou mais que passar os olhos.

– Relação nenhuma... Eu posso lhe explicar...

– Não agora. Obrigado, sr. Pirouet...

Maigret pegou de volta o original dos documentos e desceu até o seu andar. Encontrou Prou ainda sentado na cadeira, Lapointe de pé diante da janela.

– Pode ir.

– E então? – perguntou o amante de Renée.

– Nada... Devolvo-lhe o documento de venda... Suponho que foi batido à máquina pela sra. Planchon...

– Ela lhe disse, não? Não há mistério...

– O marido dela estava bêbado quando assinou?

– Ele sabia o que fazia. Não o pegamos traiçoeiramente. O que não significa que não tivesse bebido algumas doses, como sempre àquela hora.

– Seu pai tem telefone? Sabe o número?

Sempre desdenhoso, Prou deu o número, que o comissário foi discando no aparelho.

– Ele se chama Gustave Prou... Não tenha medo de falar bem alto, pois está meio surdo...

– Sr. Gustave Prou... Desculpe-me por incomodá-lo... Estou aqui com o seu filho... Ele me assegura que, no mês de dezembro, o senhor lhe emprestou a quantia de dez mil francos... Sim... Estou com ele... Como?... Quer falar com ele?

O velho estava desconfiado, e Maigret estendeu o aparelho a seu interlocutor.

– Sou eu, papai... Reconhece minha voz?... Certo! Pode responder às perguntas que lhe fizerem... Não! É só uma formalidade... Explicarei mais tarde... Até logo... Sim, está tudo bem... Sim, ele partiu... Agora não... Irei vê-lo no domingo...

Ele devolveu o aparelho ao comissário.

– O senhor pode agora responder à minha pergunta?... Emprestou-lhe dez mil francos?... Certo!...

Em dinheiro?... Retirou do banco na véspera?... Da caderneta de poupança?... Sim, estou ouvindo... Seu filho assinou um recibo?... Eu lhe agradeço... Alguém passará em sua casa... Simples verificação... Bastará mostrar-lhe esse recibo... Só mais uma coisa... Que dia foi?... Véspera de Natal?

Os olhos de Prou exprimiam, mais do que nunca, uma ironia desdenhosa.

– Suponho que ligará agora para o meu cunhado...

– Não tem pressa. Não duvido que ele confirme suas palavras...

– Posso ir embora?

– A menos que tenha uma declaração a fazer...

– Qual declaração?

– Não sei. Poderia ter uma ideia do lugar aonde foi Planchon ao deixar a Rue Tholozé. Ele não é muito robusto. Além do mais estava bêbado. Carregando duas pesadas malas, não deve ter ido longe...

– Isso diz respeito ao senhor, não? Ou será que também cabe a mim encontrá-lo?

– Não lhe peço tanto. Apenas, se tiver uma ideia, me comunique a fim de ganharmos tempo...

– Por que não fez a pergunta ao próprio Planchon quando o viu ou quando ele lhe telefonou?... É a pessoa mais indicada para lhe responder...

– Curiosamente, ele não tinha a menor intenção de deixar a Rue Tholozé.

– Ele lhe disse?

Agora era Prou que queria saber mais.

– Ele me disse muitas coisas.

– Veio aqui?

Apesar do autocontrole, ele deixava transparecer certa inquietação. Maigret teve o cuidado de não responder, limitando-se a olhá-lo com seu olhar mais neutro, como se tivesse deixado de dar importância à conversa.

– Uma coisa me surpreende... – murmurou, no entanto, o comissário.

– O quê?

– Não sei se ele ainda amava a mulher ou se passara a odiá-la...

– Acho que dependia dos momentos.

– O que quer dizer?

– Do seu grau de embriaguez... Conforme a situação, ele não era o mesmo homem... Aconteceu-nos de ficar acordados a ouvi-lo resmungar na peça vizinha e de nos perguntarmos se não estaria nos preparando um golpe...

– Que tipo de golpe?

– Será preciso explicar?... Vou lhe confessar outra coisa... Eu sempre dava um jeito de estar na mesma obra que ele, a fim de vigiá-lo... E se, durante o dia, ele manifestava a intenção de dar um pulo à Rue Tholozé, eu o acompanhava... Temia por Renée...

– Acha que ele seria capaz de matá-la?

– Ele chegou a ameaçá-la.

– De morte?

– Talvez não de forma tão precisa... Quando bebia, falava sozinho, com um ar meio misterioso... Eu não saberia lhe repetir as palavras exatas... Era sempre um pouco incoerente...

"*– Não passo de um covarde... Certo!... Todo o mundo zomba de mim... Mas um dia verão que...*

"Percebe o tipo? Nesses momentos os olhos dele faiscavam de malícia. Bancava o sujeito que sabe das coisas. E às vezes dava, de repente, uma gargalhada.

"*– Pobre Planchon!... Um homenzinho insignificante com um rosto que desagrada as pessoas... Só que o homenzinho talvez não seja tão covarde assim...*"

Maigret escutava com atenção, com o peito um pouco oprimido, pois aquilo não parecia inventado. Ele vira Planchon no Boulevard Richard-Lenoir e o homem que Prou agora imitava com uma ironia cruel, o Planchon da Rue Tholozé, era realmente o mesmo personagem, apenas mais caricatural.

– Acredita que ele teve mesmo a intenção de matar sua mulher?

– Estou certo de que pensou nisso, era uma ideia que lhe voltava com regularidade num certo ponto da embriaguez...

– E de matar você?

– Talvez a mim também...

– E a filha dele?

– Provavelmente nunca faria mal a Isabelle... Mas veja lá!... Se pudesse, ele faria explodir a casa inteira com uma bomba...

Maigret se levantou, suspirando, caminhou com um passo indeciso até a janela.

– A mesma ideia nunca lhe ocorreu, a você?

– Matar Renée?

– Não ela. Ele!

– Certamente teria sido a forma mais rápida de nos livrarmos dele... Mas o senhor há de compreender que, se fosse essa minha intenção, eu não teria esperado dois anos... É capaz de imaginar o que foram para nós esses dois anos, tendo esse homem sempre às nossas pernas?...

– E para ele?

– Ele deveria ter compreendido mais cedo e caído fora... Quando uma mulher não ama a gente, quando ama um outro e declara isso com toda a franqueza, a gente sabe o que resta fazer...

Ele havia se levantado também. Perdera um pouco a calma, a voz estava agora mais veemente.

– O que não impede que ele continue a nos envenenar a existência e que o senhor tenha ido interrogar Renée em casa, que convoque meus funcionários e tente, há mais de uma hora, saber de mim sei lá o quê... Ainda tem perguntas a fazer?... Continuo sendo um homem livre?... Posso ir embora?

– Sim, pode ir embora...

– Passe bem.

Ao sair, bateu com força a porta atrás de si.

CAPÍTULO VII

NAQUELA NOITE MAIGRET pôde ver televisão, bem aquecido, usando pantufas, com sua mulher que tricotava ao lado, mas ele preferia estar no lugar de Janvier e de Lapointe que, num Montmartre que ele conhecia bem, em ruas que lhe eram familiares, iam, cada qual por seu lado, de bar em bar, dos mais antigos aos mais modernos, de uma luz mais amarelada a uma mais branca, dos que cheiravam a cerveja aos que cheiravam a brandy.

Ele estava feliz, é claro, de ter subido de posto, de ser agora comissário divisionário, chefe da brigada criminal. Mesmo assim tinha saudade de certas investigações, embora tiritasse de frio nas noites de inverno, das portarias de prédios com cheiros diferentes e visitadas durante dias inteiros para fazer sempre a mesma pergunta, aparentemente inútil.

Não lhe censuravam, nos altos gabinetes, por deixar com frequência sua sala para exercer o ofício de cão de caça? Como explicar, sobretudo aos homens do Ministério Público, que ele tinha necessidade de ver, de farejar, de impregnar-se de uma atmosfera?

Como por ironia, apresentavam na TV uma tragédia de Corneille. Reis e guerreiros com trajes de época declamavam versos nobres que tinham um resquício de colégio, e era uma curiosa sensação, a cada meia hora, ser interrompido pela campainha do telefone e ouvir a voz de Janvier – ele foi o primeiro a ligar – dizendo com muito menos ênfase:

– Tenho uma pista, chefe... Estou ligando de um bar da Rue Germain-Pilon, a duzentos metros da Place des Abbesses... Chama-se Au Bon Coin... O dono já subiu para se deitar... É a mulher dele que serve no balcão e depois se senta junto ao fogão... Bastou eu lhe falar de um homem com lábio leporino para que ela se lembrasse.

"– Aconteceu-lhe alguma coisa? – ela me perguntou.

"Ele vinha com frequência, pelas oito da noite, beber uma ou duas doses. Parece que o gato gostava dele, ia se esfregar nas suas pernas e ele se inclinava para acariciá-lo...

"É um barzinho mal iluminado, de paredes escuras... Não sei por que fica aberto à noite, pois havia só um homem idoso bebendo um grogue junto à janela..."

– Ela voltou a ver Planchon depois de segunda-feira?

– Não. Está mais ou menos certa de que ele veio segunda-feira pela última vez... Ontem observou ao marido que o freguês do lábio leporino não mais aparecera e se perguntou se ele não estaria doente...

– Ele nunca fez confidências a ela?

– Falava muito pouco. Ela sentia dó, achava que ele estava infeliz e tentava animá-lo...

– Continue a procurar...

Janvier sairia no frio e na obscuridade para entrar, um pouco mais adiante, num outro bar, depois num outro. Lapointe fazia, por seu lado, a mesma coisa.

Ele, Maigret, voltava aos personagens de Corneille na tela, enquanto sua mulher, numa poltrona, o observava com um ar interrogativo.

Às nove e meia foi a vez de Lapointe ligar. Telefonava da Rue Lepic, de um outro bar, maior, mais iluminado, onde fregueses jogavam cartas e já tinham visto Planchon beber ali.

– Sempre conhaque, chefe!... Aqui sabiam quem ele era e que morava na Rue Tholozé, porque o viram durante o dia passar ao volante da caminhonete que trazia seu nome em letras graúdas... Sentiam pena dele... Quando chegava, já estava meio bêbado... Não dirigia a palavra a ninguém... Um dos jogadores de bisca lembra que foi segunda-feira que ele veio pela última vez... Comeu dois ovos no balcão...

Janvier deve ter escolhido um itinerário ruim, pois telefonou depois para dizer que percorrera em vão cinco botecos onde o homem do lábio leporino era desconhecido.

Na TV, cantores e cantoras haviam substituído os heróis cornelianos quando, por volta das onze da noite, Lapointe ligou pela segunda vez. Parecia excitado.

– Tenho novidades, chefe... Pergunto se não seria melhor irmos ao Quai des Orfèvres... Há uma mulher que vigio pela porta da cabine, com receio de vê-la safar-se...

"Estou numa brasserie da Place Blanche... O terraço é envidraçado, aquecido por dois braseiros... O senhor está me ouvindo?...

– Sim, continue...

– O primeiro garçom com quem falei conhece bem Planchon de vista... Parece que ele vinha sempre bastante tarde na noite e, na maioria das vezes, não estava muito firme nas pernas... Sentava-se no terraço e pedia cerveja...

– Certamente para diluir o conhaque que havia bebido antes...

– Não sei se o senhor conhece o lugar... Duas ou três mulheres estão sempre junto ao terraço e seguem os passantes com os olhos... Elas trabalham principalmente na saída do cinema vizinho...

"O garçom me apontou uma delas.

"– Olhe! Fale com a Clémentine, é o nome dela... Ela poderá lhe dizer mais coisas que eu... Várias vezes os vi se afastarem juntos...

"Ela logo adivinhou que eu era da polícia e no começo não quis admitir nada.

"– O que ele fez? – limitou-se a perguntar. – Por que o está procurando? Por que acha que o conheço?

"Aos poucos passou a falar e acredito que o senhor vai se interessar pelo que ela me disse... Acho mesmo que seria bom tomar seu depoimento por escrito enquanto está bem disposta... O que é que eu faço?"

– Leve-a à P.J. Chegarei lá mais ou menos ao mesmo tempo em que você.

A sra. Maigret, resignada, foi buscar-lhe os sapatos.

– Quer que eu chame um táxi?

– Sim...

Ele vestiu o sobretudo, não esqueceu o cachecol. Tinha acabado de tomar um grogue, pois continuava a sentir que estava prestes a se gripar.

No Quai des Orfèvres saudou o porteiro solitário, subiu a larga escadaria cinzenta e mal iluminada, encontrou o corredor vazio, empurrou a porta da sala dos inspetores. Lapointe estava ali, ainda com o chapéu na cabeça, e uma mulher se levantou da cadeira onde estava sentada.

Na mesma hora, nos quatro cantos de Paris, centenas de mulheres como ela faziam o *trottoir* na sombra, não longe de pequenos hotéis com a porta discretamente entreaberta.

Usava sapatos de saltos muito altos e tinha pernas magras. Toda a metade inferior do corpo era comprida e estreita. Apenas a partir dos quadris é que ela se espessava, e a desproporção era ainda mais chocante porque vestia um casaco de pelos longos que pareciam ser de cabra.

O rosto era rosa-claro com cílios pretos como os de uma boneca.

– A senhorita consentiu em me acompanhar... – disse com gentileza Lapointe.

E ela replicou com uma ironia sem maldade:

– De todo modo vocês teriam me embarcado num camburão!...

Parecia impressionada pelo comissário, que ela olhava da cabeça aos pés.

Ele tirou o sobretudo e lhe fez um sinal para que voltasse a sentar. Lapointe se instalou diante de uma máquina de escrever, pronto a registrar o depoimento.

– Como se chama?

– Antoinette Lesourd... Geralmente me faço chamar de Sylvie... Antoinette é um pouco antiquado... É o nome da minha avó e...

– Conhecia Planchon?

– Não sabia o nome dele... Vinha quase toda noite à brasserie e estava sempre meio bêbado... No começo pensei que fosse um viúvo que afogava sua tristeza... Parecia tão infeliz...

– Foi ele que lhe dirigiu a palavra?

– Não. Fui eu... E, na primeira vez, acreditei que podia se salvar. Disse a ele:

"Também tive tristezas... Sei como é... Fui casada com um sujeito inútil que numa bela manhã partiu com minha filha...

"Foi quando falei da minha filha que ele de repente se interessou..."

E, virando-se para Lapointe:

– Não vai escrever isso?

– Apenas o essencial – interveio Maigret. – Há quanto tempo o conheceu?

– Alguns meses... Deixe-me ver... No verão fui trabalhar em Cannes, onde havia a frota americana... Voltei em setembro... Devo tê-lo encontrado no começo de outubro...

– Ele a acompanhou na primeira noite?

– Não. Pagou-me uma bebida... Depois disse que precisava voltar para casa, que acordava cedo por causa do trabalho e que era tarde... Foi só dois ou três dias depois que ele me acompanhou...

– Até sua casa?

– Nunca recebo ninguém em casa. Aliás, a zeladora não permitiria. É uma casa decente. Há inclusive um juiz que mora no primeiro andar... Costumo ir a um pequeno hotel da Rue Lepic... O senhor conhece?... Peço que não cause aborrecimentos aos donos... Com os novos regulamentos, a gente nunca sabe aonde ir...

– Planchon esteve lá com você várias vezes?

– Não muitas... Talvez umas dez, ao todo... E em algumas não chegou a fazer nada...

– Ele falava?

– Uma vez me disse:

"– Está vendo? Eles têm razão... Não sou mesmo um homem..."

– Não lhe deu nenhum detalhe de sua vida?

– Notei a aliança, claro... Uma noite lhe perguntei:

"– É sua mulher que o atormenta?

"E ele respondeu que a mulher dele não merecia um homem como ele..."

– Quando o viu pela última vez?

Com um olhar a Lapointe, sempre à máquina, Maigret deu a entender que havia chegado ao ponto interessante.

– Segunda-feira à noite...

– Como tem certeza de que era segunda-feira?

– Porque no dia seguinte passei 24 horas na prisão provisória... O senhor pode perguntar a seus colegas... Meu nome deve estar na lista... Eles lotaram um camburão...

– A que horas, segunda-feira, ele chegou na brasserie?

– Ainda não eram dez da noite... Eu tinha acabado de chegar, pois em Montmartre não adianta nada começar cedo...

– Como ele estava?

– Mal se mantinha de pé... Logo vi que tinha bebido mais do que de costume... Veio sentar-se ao meu lado no terraço, perto do braseiro... Não conseguia levantar o braço para chamar o garçom e balbuciou:

"– Um conhaque... Um conhaque para a senhora também...

"Quase discutimos... Eu não queria que ele bebesse no estado em que estava, mas ele insistia...

"– Estou doente... ele dizia. Só um bom conhaque para me reabilitar..."

– Não disse outra coisa que chamou sua atenção?

Novo olhar a Lapointe.

– Disse... Uma pequena frase que não compreendi... Repetiu duas ou três vezes...

"– Ele também não quer acreditar em mim..."

– Não se explicou?

– Ele resmungava:

"– Não se preocupe... Sei o que estou fazendo... E você também, um dia, compreenderá..."

Maigret se lembrou do tom com que Planchon, na mesma segunda-feira, algumas horas antes dessa cena, lhe dissera ao telefone, quando ainda estava na Place des Abbesses:

– *Eu lhe agradeço...*

Ele não havia sentido apenas amargura e desencanto, mas era como uma ameaça.

– Foram juntos ao hotel?

– Ele queria... Mas, quando chegamos, ainda na rua, ele desabou na calçada... Ajudei-o a se levantar... Ele se sentia humilhado...

"– Mostrarei a eles que sou um homem – gemia.

"Fui obrigada a ampará-lo. Eu sabia que o dono do hotel não o deixaria entrar naquele estado e também não queria vê-lo passando mal no quarto.

"– Onde é que você mora? – perguntei-lhe.

"– Lá no alto...

"– No alto, onde?

"– Rue Tho... Rue Tho...

"Mal conseguia articular.

"– Rue Tholozé?

"– Sim... Bem no... Bem no...

"Não foi engraçado o tempo todo, eu lhe garanto!... Eu temia que um policial aparecesse e imaginasse que eu tinha a intenção de roubá-lo... Certamente diriam que fui eu que o fiz beber... Não quero falar mal da polícia, mas admita que às vezes..."

– Continue... Você chamou um táxi?

– É claro que não!... Eu não tinha dinheiro... Ajudei-o a andar... Levamos cerca de meia hora para chegar ao alto da Rue Tholozé, pois ele parava a todo momento, com as pernas bambas, e me repetia, diante de cada boteco, que um bom conhaque o deixaria firme de novo... Acabou por parar diante de um portão e ali caiu mais uma vez... O portão não estava fechado... Havia uma caminhonete no pátio, com um nome que não pude ler na escuridão... Só o larguei diante da porta...

– As janelas estavam iluminadas?

– Passava luz pelas persianas do andar de baixo. Apoiei-o contra a parede, esperando que conseguisse ficar de pé, toquei a campainha e saí correndo...

Durante o tempo todo em que ela falava, ouviam-se os estalidos da máquina de escrever.

– Aconteceu alguma coisa com ele?

– Desapareceu.

– Espero que não vá imaginar que fui eu...

– Fique tranquila...

– Acha que vão me convocar diante do juiz?

– Creio que não... E, se acontecer, não tem nada a temer...

Lapointe retirou a folha da máquina e a estendeu à mulher.

– Devo ler?

– E assinar.

– Isso me causará aborrecimentos?

Acabou por escrever seu nome com letras grandes e mal traçadas.

– O que faço agora?

– Está livre...

– Acha que ainda encontrarei um ônibus?

Maigret pegou uma nota do bolso.

– Aqui está o dinheiro para o táxi...

Assim que ela foi embora, o telefone tocou. Era Janvier, que havia ligado para o Boulevard Richard-Lenoir e a quem a sra. Maigret informara que o marido estava no Quai des Orfèvres.

– Mais nada, chefe... Percorri o Boulevard Rochechouart até a Place d'Anvers... Entrei numas dez ruazinhas...

– Pode ir descansar.

– Lapointe descobriu alguma coisa?

– Sim. Amanhã lhe contaremos...

Maigret, ao voltar para casa, tinha apenas um receio: despertar com febre. Continuava sentindo uma cócega desagradável nas narinas e tinha a impressão de que as pálpebras ardiam. Além disso, o cachimbo perdera o gosto habitual.

A mulher preparou-lhe mais um grogue. Ele transpirou a noite toda. Às nove da manhã estava sentado, com a cabeça um pouco vazia, na antecâmera do Ministério Público, onde esperou por cerca de vinte minutos a chegada do juiz substituto.

O comissário devia estar com um mau aspecto, pois o magistrado perguntou:

– E então, o sujeito que convocou lhe causa problemas?

– Não, mas há novidades.

– Encontraram o tal pintor? Como se chama mesmo?

– Planchon... Não foi encontrado... Pudemos reconstituir o que ele fez na noite de segunda-feira... Quando voltou para casa, um pouco antes das onze da noite, estava tão bêbado que mal se aguentava nas pernas e caiu várias vezes na calçada entre a Place Blanche, onde bebeu um último trago, e a Rue Tholozé...

– Estava sozinho?

– Uma prostituta, com quem ele teve várias vezes relações, o sustentava...

– Acredita nela?

– Estou certo de que diz a verdade... Foi ela que tocou a campainha do sobrado antes de se afastar, deixando Planchon mais ou menos em equilíbrio contra a parede... É impossível que o mesmo homem, alguns minutos mais tarde, tenha subido ao primeiro andar, enchido duas grandes malas com seus pertences, tornado a descer carregando-as, para se afastar finalmente na rua...

– Pode ter tomado alguma coisa para sarar a bebedeira... Existem medicamentos...

– A mulher dele e Prou teriam falado...

– Prou é o amante, não? Foi ele que você convocou?... O que ele diz?

Pesado e paciente, com o sangue sempre latejando na cabeça, Maigret contou em detalhes a história dos trinta mil francos, dos recibos e sobre o documento assinado por Planchon.

– O sr. Pirouet, nosso perito em caligrafia, não é categórico. Segundo ele, o papel pode ter sido assinado por um Planchon em estado de embriaguez, mas o resultado seria semelhante se a assinatura fosse imitada por outra pessoa...

– Falou de outros recibos?

– Em 24 de dezembro, Prou pediu emprestados dez mil francos a seu pai e outros dez mil a um cunhado... Um de meus homens foi fotografar esses recibos... O que está em mãos do cunhado diz que a quantia deve ser reembolsada em cinco anos e que Prou pagará seis por cento de juros... Já o do pai prevê o reembolso em dois anos e não menciona juros...

– Acha que são recibos falsos?

– Não!... Meus colaboradores verificaram. Em 23 de dezembro, na véspera do pagamento, o pai de Prou retirou dez mil francos da sua conta na caderneta de poupança, onde tem pouco mais de vinte mil... Quanto ao cunhado, Mourier, ele retirou no mesmo dia uma quantia idêntica da sua conta corrente...

– Parece-me que tinha falado de trinta mil...

– Os outros dez mil foram retirados por Roger Prou de sua conta bancária no Crédit Lyonnais... Havia, portanto, nessa data, trinta mil francos em dinheiro no sobrado na Rue Tholozé...

– Em que data o documento de cessão foi assinado?

– No dia 29 de dezembro... É como se Prou e sua amante tivessem tomado providências, já antes do Natal, esperando uma ocasião para fazer o marido assinar o documento...

– Não vejo, nesse caso...

Como para aumentar a dificuldade, Maigret acrescentou:

– O sr. Pirouet analisou a tinta da assinatura... Sem poder fixar uma data precisa, ele tem certeza de que remonta a mais de duas semanas...

– Qual é sua intenção? Abandonar esse caso?

– Vim lhe pedir um mandado de busca.

– Depois do que acaba de me dizer?

Maigret, não muito orgulhoso, fez que sim com a cabeça.

– O que espera encontrar na casa? O cadáver do seu Planchon?

– É pouco provável.

– O dinheiro?

– Não sei...

– Insiste realmente nisso?

– Planchon não era mais capaz de andar na segunda-feira às onze da noite...

– Espere-me um instante... Não posso assumir sozinho essa decisão... Vou falar com o procurador...

Maigret ficou a sós durante uns dez minutos.

– A coisa não agrada mais a ele do que a mim, sobretudo neste momento em que a polícia não é bem-vista na imprensa... Mas...

A resposta foi sim, apesar de tudo, e alguns instantes mais tarde o comissário levava o mandado assinado. Eram 9h50. Ele abriu de forma brusca a porta da sala dos inspetores, não viu Lapointe, apenas Janvier.

– Pegue um carro no pátio... Eu desço em seguida...

Depois ligou para o serviço de Identidade Judiciária, deu instruções a Moers.

– Que eles estejam lá o mais rápido possível... E escolha os melhores...

Então desceu e se instalou ao lado de Janvier no pequeno carro preto.

– Rue Tholozé.

– O senhor conseguiu o mandado?

– Arranquei-o deles... Não quero nem pensar no que me espera se não encontrarmos nada e se a mulher ou seu amante armarem um escândalo...

Estava tão mergulhado em seus pensamentos que mal notou que, pela primeira vez depois de vários dias, o sol acabava de aparecer. Janvier falava, enquanto manobrava entre os ônibus e os táxis:

– Em princípio esse pessoal não trabalha nos sábados... Acho que é proibido pelos sindicatos, a menos que paguem horas extras... Há chances de encontrarmos Prou em casa...

Ele não estava. Foi Renée que veio abrir depois de tê-los espiado por uma janela. Estava mais desconfiada e mal-humorada do que nunca.

– De novo! – exclamou.

– Prou não está?

– Foi terminar um trabalho urgente... O que o senhor quer desta vez?

Maigret tirou o mandado do bolso, entregou-o para ela ler.

– Veio vasculhar a casa?... Mas é inadmissível!...

Uma caminhonete da Identidade Judiciária, repleta de homens e de aparelhos, entrou no pátio.

– E esses aí, quem são?

– Meus colaboradores... Sinto muito, mas vai levar algum tempo...

– Vão remexer em tudo?

– Receio que sim.

– Tem certeza de que tem esse direito?

– O mandado está assinado pelo juiz substituto.

Ela deu de ombros.

– E por acaso eu sei o que é um juiz substituto?...

Mesmo assim ela os deixou entrar, seguindo uns e outros com um olhar sombrio.

– Espero que esteja terminado quando minha filha voltar da escola!...

– Isso depende...

– De quê?

– Do que encontrarmos.

– Poderia ao menos me dizer o que procura?

– Seu marido, na segunda-feira à noite, partiu com duas malas, não foi?

– Fui eu que lhe disse isso.

– Suponho que ele levava os trinta mil francos que Prou lhe pagou em 29 de dezembro...

– Não sei de nada. O pagamento foi feito e não nos interessa saber o que ele fez do dinheiro...

– Ele não o depositou em conta bancária.

– O senhor verificou?

– Sim... Você mesma disse que ele não tinha amigos... Portanto, é improvável que tenha confiado essa quantia a alguém...

– Onde está querendo chegar?

– Depois de 29 de dezembro, ele não carregava consigo esse dinheiro durante o dia... Trinta mil francos dá um maço bastante volumoso...

– E daí?

– Daí nada...

– É o que está procurando?

– Não sei...

Os especialistas já haviam iniciado o trabalho, começando pela cozinha. Era uma tarefa à qual estavam habituados e que cumpriam com método, não deixando um canto sequer inexplorado, examinando tanto latas que continham farinha, açúcar e café, quanto os cestos de lixo.

E faziam isso com tanta habilidade que parecia uma espécie de balé, que a mulher observava com um espanto quase maravilhado.

– Quem vai recolocar as coisas no lugar?

Maigret não respondeu.

– Posso dar um telefonema? – ela perguntou.

Ligou para uma certa sra. Fajon num apartamento da Rue Lamarck e lhe pediu para falar com o pintor que trabalhava na casa dela.

– É você?... Eles voltaram... Sim, o comissário e um monte de gente que está revirando tudo na casa... Um inclusive está tirando fotos... Não! Parece que têm um mandado... Mostraram-me um papel supostamente assinado por um juiz substituto... Sim... Seria melhor que você viesse...

Ela fitou Maigret com um olhar duro que exprimia sempre uma espécie de desafio.

Um dos homens raspava manchas no soalho da sala de refeições e recolhia, em saquinhos, a poeira obtida.

– O que esse aí está fazendo? Ele acha que meu soalho não está bastante limpo?

Um outro, com o auxílio de um martelo de tapeceiro, dava batidas nas paredes, e as fotografias e reproduções de quadros eram despregadas umas após as outras e depois recolocadas mais ou menos tortas.

Dois homens haviam subido ao andar de cima, onde se ouviam seus passos indo e vindo.

– Eles vão fazer o mesmo no quarto da minha filha?

– Receio que sim.

– O que direi a Isabelle quando ela voltar?

Foi a única vez que Maigret gracejou:

– Que estamos brincando de caça ao tesouro... Não tem televisão?

– Não... Íamos comprar uma no mês que vem...

– Por que diz *íamos*?

– Íamos, vamos, é a mesma coisa, não?... Acha que ainda tenho cabeça para escolher minhas palavras?...

Ela havia reconhecido Janvier, evidente!

– Quando penso que esse veio medir todas as peças da casa a pretexto de não sei o quê...

Ouviu-se um carro que entrava no pátio, a batida de uma porta, passos rápidos. Renée deve tê-los reconhecido, pois logo se dirigiu à entrada da casa.

– Veja!... – ela disse a Roger Prou. – Estão revirando tudo, inclusive minhas panelas e minhas roupas... Estão lá em cima também, no quarto da menina...

Os lábios de Prou tremiam de cólera no momento em que encarou o comissário.

– O senhor tem o direito de fazer isso? – perguntou, com a voz trêmula.

Maigret lhe estendeu o mandado.

– E se eu telefonasse a um advogado?

– É seu direito. Ele poderá apenas assistir à busca.

Por volta do meio-dia, ouviu-se uma batida na caixa de correspondência e, pela janela, Maigret viu que era Isabelle, de volta da escola. A mãe precipitou-se e se fechou com ela na cozinha, onde os homens da Identidade Judiciária já haviam terminado o trabalho.

Com certeza, fazendo perguntas à menina seria possível saber coisas interessantes, mas, exceto em casos de estrita necessidade, Maigret se recusava a interrogar crianças.

O escritório foi remexido sem resultado. Uma parte dos homens se dirigiu ao depósito, no fundo do pátio, e um deles subiu na caminhonete.

Era uma operação de pente fino, realizada por homens experientes.

– Pode subir, sr. comissário?

Prou, que também tinha ouvido, seguiu Maigret na escada.

O quarto da menina, onde um urso de pelúcia se achava ainda em cima da cama, dava a impressão de uma casa em mudança. O armário com espelho fora empurrado para um canto. Nenhum móvel estava no seu lugar, e o linóleo avermelhado que cobria o chão havia sido levantado.

Uma das tábuas de madeira fora despregada.

– Olhe aqui...

O que Maigret viu primeiro foi o rosto de Prou, de pé junto à porta. Esse rosto estava agora tão sério que o comissário gritou, para qualquer eventualidade:

– Atenção aí embaixo!

Mas Prou não saltou, como se podia esperar que o fizesse. Tampouco avançou na peça. Não sentiu a necessidade de inclinar-se sobre o buraco no soalho, no fundo do qual se via um pacote embrulhado em papel-jornal.

Não se tocou em nada até a chegada do fotógrafo. Depois, nas tábuas acinzentadas, foram tiradas as impressões digitais.

Por fim Maigret pôde se curvar, pegar o pacote e abri-lo. Viram-se maços de notas de cem francos novos. Três maços, cada um com cem notas, sendo as de um dos maços novas e rígidas.

– Tem algo a dizer, Prou?

– Não estou sabendo de nada.

– Não foi você que pôs o dinheiro nesse esconderijo?

– Por que eu faria isso?

– Continua a afirmar que na segunda-feira à noite seu ex-patrão partiu daqui com duas malas que continham seus pertences, sem levar os trinta mil?

– Nada tenho a declarar.

– Não foi você que levantou o linóleo, despregou uma tábua do soalho e escondeu as notas de cem francos?

– Não sei de nada além do que eu lhe disse ontem.

– Foi sua amante?

Houve como uma hesitação nos olhos dele.

– O que ela pode ter feito ou não, não me interessa.

CAPÍTULO VIII

O QUE ELA PODE *ter feito ou não, não me interessa.*

Essa frase, o tom com que foi pronunciada, o olhar que a acompanhava, não sairiam da memória de Maigret nos meses seguintes.

Naquele sábado, as luzes ficaram acesas no Quai des Orfèvres até quase o amanhecer. O comissário havia tomado precauções e aconselhado os dois amantes a designarem, cada qual, um advogado. Como não conheciam nenhum, forneceram-lhes uma lista dos membros do tribunal, e eles escolheram ao acaso.

Assim, as regras foram estritamente observadas. Um dos advogados, o de Renée, era jovem e louro. Como que de modo involuntário, ela logo se pôs a tentar seduzi-lo. O de Prou, ao contrário, era um advogado de certa idade, com a gravata mal atada, camisa duvidosa e unhas escuras, que costumava ser visto caçando clientes nos corredores do Palácio.

Umas dez, vinte vezes Maigret repetiu as mesmas perguntas, ora a Renée Planchon sozinha, ora a Prou, ora aos dois ao mesmo tempo.

No início, quando estavam frente a frente, eles pareciam se consultar com o olhar. Depois, à medida que os interrogatórios prosseguiam, à medida que eram separados durante um certo tempo para reuni-los de novo, os olhares se tornaram mais desconfiados.

Quando os vira pela primeira vez, Maigret pensara, não sem uma certa admiração, num casal de feras.

O casal não existia mais. Restavam duas feras, e aproximava-se o momento em que elas teriam vontade de se devorar.

– Quem golpeou seu marido?

– Não sei de nada. Ignoro se o golpearam. Subi antes que ele partisse...

– Você me disse...

– Não sei mais o que eu lhe disse... O senhor me confundiu com suas perguntas...

– Sabia que os trinta mil estavam no quarto de sua filha?

– Não.

– Não ouviu seu amante deslocar os móveis, levantar o linóleo, despregar uma tábua do soalho?

– Não estou o tempo todo em casa... Repito-lhe que não sei de nada... Pode me interrogar pelo tempo que quiser, nada mais tenho a dizer...

– Também não ouviu a caminhonete sair do pátio na noite de segunda para terça-feira?

– Não.

– No entanto os vizinhos ouviram.

– Tanto melhor para eles.

Não era verdade. Maigret servira-se de um estratagema bastante grosseiro. A zeladora do prédio vizinho nada tinha ouvido. É verdade que sua portaria estava do lado oposto ao pátio. Locatários foram interrogados também sem resultado.

Quanto a Prou, ele repetia obstinado o que dissera ao comissário por ocasião do seu primeiro interrogatório no Quai des Orfèvres.

– Eu estava deitado quando ele chegou... Renée se levantou e foi até a sala de refeições... Ouvi que falaram durante um tempo... Alguém subiu até o andar de cima...

– Não estava escutando atrás da porta?

– Se eu lhe disse isso, é que é verdade...

– Ouviu tudo o que se passava ao lado?

– Não muito bem.

– Sua amante teria podido agredir Planchon sem que você soubesse?

– Voltei a deitar e adormeci em seguida.

– Antes da partida do seu ex-patrão?

– Não sei...

– Não ouviu a porta que dá para o pátio se fechar?

– Não ouvi nada...

Os advogados aprovavam, cada qual adotando a atitude do seu cliente. Às cinco da manhã, Prou e sua amante foram conduzidos separadamente à prisão provisória. Quanto a Maigret, ele ficou apenas uma hora na cama, bebeu cinco ou seis xícaras de café preto antes de se dirigir de novo às salas, solenes demais para o seu gosto, do Ministério Público. Dessa vez, embora fosse domingo, teve direito a uma conversa com o procurador em pessoa e permaneceu cerca de duas horas encerrado com ele.

– O corpo ainda não foi encontrado?

– Não.

– Nenhum vestígio de sangue na casa ou na caminhonete?

– Até o momento, não.

Na falta do cadáver, ainda não era possível acusar o casal de assassinato. Restava o dinheiro que pertencia a Planchon, como atestava o documento assinado, e que não tinha razão alguma de estar sob o soalho do quarto de Isabelle.

Esta fora levada a um abrigo de menores.

Na segunda-feira de manhã, Maigret teve direito a mais três horas de interrogatório, sempre em presença dos advogados, e depois disso um juiz de instrução assumiu o caso. Eram os novos métodos, aos quais era preciso resignar-se.

Teve o magistrado mais sorte do que ele? Não sabia, pois não se deu ao trabalho de se manter informado.

Foi só uma semana depois que um corpo foi retirado do Sena, na barragem de Suresnes. Umas dez pessoas, em particular os proprietários dos bares de Montmartre que Planchon frequentava toda noite e a moça que se fazia chamar de Sylvie, o identificaram.

Quanto a Prou e Renée, foram levados separadamente diante do cadáver decomposto e não descerraram os dentes.

Segundo o médico-legista, Planchon fora morto com vários golpes desferidos na cabeça por um instrumento pesado, provavelmente envolvido num tecido.

A seguir o amarraram dentro de um saco, e haveria, mais tarde, uma batalha de especialistas a respeito desse saco e da corda que o fechava. De fato, no depósito no fundo do pátio foram encontrados sacos semelhantes, bem como corda que servia para segurar escadas, e pareciam de composições idênticas.

De tudo isso Maigret não teve conhecimento durante vários meses. Veio a primavera e os castanheiros floresceram. Passou-se a usar roupas mais leves. Foi identificado um jovem inglês como o ladrão de joias dos grandes hotéis e a Interpol localizou seu paradeiro na Austrália, enquanto algumas pedras desengastadas eram recuperadas na Itália.

O caso Planchon só foi julgado poucos dias antes das férias judiciárias, e Maigret se viu, com algumas pessoas conhecidas e desconhecidas, encerrado na sala das testemunhas.

Quando chegou sua vez de prestar depoimento, compreendeu, no primeiro olhar dirigido aos acusados, que a paixão de Renée Planchon e de Prou havia aos poucos se transformado em ódio.

Cada um se defendia, deixando pesar as suspeitas sobre o outro. Com o olhar duro, maldoso, eles se espiavam.

– Jura dizer a verdade, toda a verdade, nada mais que a verdade?...

Ele repetiu o gesto de mão que fizera tantas vezes no mesmo recinto.

– Juro!

– Diga aos jurados o que sabe desse caso.

Ainda naquele momento os dois acusados o observavam com ressentimento. Não fora ele que desencadeara o inquérito e não deviam a ele sua detenção?

Era evidente que o crime fora premeditado, preparado de longa data. Não tivera Prou a astúcia de pedir emprestados vinte mil francos, já em 24 de dezembro, ao pai e ao cunhado?

Não era natural comprar, de um bêbado que se tornara incapaz, o negócio no qual ele trabalhava?

Os recibos eram autênticos. O dinheiro fora realmente emprestado.

Mas Planchon nunca soube desse dinheiro. Ignorava o que se tramava em sua própria casa. Se ele sentia que queriam desapossá-lo, não imaginava que a operação já havia começado, nem que, em 29 de dezembro ou pelo menos por volta desse dia, sua mulher datilografava um falso documento de cessão no qual sua assinatura era imitada.

Por quem? Renée ou seu amante?

Sobre isso também os peritos iam discutir até se cansar e dois deles chegariam mesmo a trocar palavras um pouco ríspidas.

– No sábado à noite... – começou Maigret.

– Fale mais alto.

– No sábado à noite, quando voltei para minha casa, por volta das sete horas, encontrei um homem que me esperava.

– O senhor o conhecia?

– Não o conhecia, mas logo adivinhei quem era por causa do seu lábio leporino... Havia cerca de dois meses, com efeito, um homem que correspondia à sua descrição vinha me procurar no Quai des Orfèvres, no sábado à tarde, mas desaparecia antes que eu tivesse a ocasião de recebê-lo...

– Reconhece formalmente que se trata de Léonard Planchon?

– Sim.

– O que ele queria do senhor?

Falando de frente aos jurados, o comissário estava de costas para os dois acusados, de modo que não viu suas reações.

Não ficaram eles estupefatos ao constatar que, ao contrário do que esperavam, ele vinha lhes prover argumentos de defesa?

Num silêncio total, seguido de um rumor tal que o presidente do tribunal ameaçou mandar evacuar a sala de audiência, Maigret pronunciou:

– Ele veio me comunicar a intenção de matar sua mulher e o amante dela...

Mentalmente, teve vontade de pedir perdão ao pobre Planchon. Mas não havia jurado, alguns instantes atrás, dizer a verdade, toda a verdade, nada mais que a verdade?

Restabelecida a calma, pôde responder às perguntas precisas do presidente e, terminado seu depoimento, não quis ficar mais tempo na sala, pois vieram lhe anunciar a descoberta de um crime num apartamento luxuoso da Rue Lauriston.

Não houve confissões. No entanto, as acusações eram graves demais para que o júri deixasse de reconhecer a culpa dos réus.

Por ironia, foi o depoimento de Maigret que salvou a cabeça de Roger Prou e lhe propiciou circunstâncias atenuantes.

– Os senhores ouviram o depoimento do comissário... – argumentou o advogado. – Era um ou outro... Mesmo se meu cliente matou, foi de certo modo em legítima defesa...

Antoinette, a moça de pernas finas e quadris largos que se fazia chamar de Sylvie, estava na sala quando o presidente do júri veio fazer a leitura do veredicto.

Vinte anos para Roger Prou, oito para Renée Planchon, que olhou seu ex-amante com tanto ódio que um arrepio percorreu o público.

– O senhor leu, chefe?

Janvier mostrou a Maigret um jornal cuja tinta ainda estava fresca e que anunciava o veredicto na primeira página.

O comissário deu apenas uma espiada e limitou-se a resmungar:

– Pobre coitado!

Não tinha ele um pouco a impressão de haver traído o homem do lábio leporino, cujas últimas palavras ao telefone foram, no entanto, *eu lhe agradeço...*?

Noland (Vaud), 27 de fevereiro de 1962.

496(19).**Um engano de Maigret** – Simenon
497(1).**A noite das bruxas** – Agatha Christie
498(2).**Um passe de mágica** – Agatha Christie
499(3).**Nêmesis** – Agatha Christie
500.**Esboço para uma teoria das emoções** – Sartre
501.**Renda básica de cidadania** – Eduardo Suplicy
502(1).**Pílulas para viver melhor** – Dr. Lucchese
503(2).**Pílulas para prolongar a juventude** – Dr. Lucchese
504(3).**Desembarcando o diabetes** – Dr. Lucchese
505(4).**Desembarcando o sedentarismo** – Dr. Fernando Lucchese e Cláudio Castro
506(5).**Desembarcando a hipertensão** – Dr. Lucchese
507(6).**Desembarcando o colesterol** – Dr. Fernando Lucchese e Fernanda Lucchese
508.**Estudos de mulher** – Balzac
509.**O terceiro tira** – Flann O'Brien
510.**100 receitas de aves e ovos** – J. A. P. Machado
511.**Garfield em toneladas de diversão** (5) – Jim Davis
512.**Trem-bala** – Martha Medeiros
513.**Os cães ladram** – Truman Capote
514.**O Kama Sutra de Vatsyayana**
515.**O crime do Padre Amaro** – Eça de Queiroz
516.**Odes de Ricardo Reis** – Fernando Pessoa
517.**O inverno da nossa desesperança** – Steinbeck
518.**Piratas do Tietê (1)** – Laerte
519.**Rê Bordosa: do começo ao fim** – Angeli
520.**O Harlem é escuro** – Chester Himes
521.**Café-da-manhã dos campeões** – Kurt Vonnegut
522.**Eugénie Grandet** – Balzac
523.**O último magnata** – F. Scott Fitzgerald
524.**Carol** – Patricia Highsmith
525.**100 receitas de patisseria** – Sílvio Lancellotti
526.**O fator humano** – Graham Greene
527.**Tristessa** – Jack Kerouac
528.**O diamante do tamanho do Ritz** – Scott Fitzgerald
529.**As melhores histórias de Sherlock Holmes** – Arthur Conan Doyle
530.**Cartas a um jovem poeta** – Rilke
531(20).**Memórias de Maigret** – Simenon
532(4).**O misterioso sr. Quin** – Agatha Christie
533.**Os analectos** – Confúcio
534(21).**Maigret e os homens de bem** – Simenon
535(22).**O medo de Maigret** – Simenon
536.**Ascensão e queda de César Birotteau** – Balzac
537.**Sexta-feira negra** – David Goodis
538.**Ora bolas – O humor de Mario Quintana** – Juarez Fonseca
539.**Longe daqui aqui mesmo** – Antonio Bivar
540(5).**É fácil matar** – Agatha Christie
541.**O pai Goriot** – Balzac
542.**Brasil, um país do futuro** – Stefan Zweig
543.**O processo** – Kafka
544.**O melhor de Hagar 4** – Dik Browne
545(6).**Por que não pediram a Evans?** – Agatha Christie
546.**Fanny Hill** – John Cleland
547.**O gato por dentro** – William S. Burroughs
548.**Sobre a brevidade da vida** – Sêneca
549.**Geraldão (1)** – Glauco
550.**Piratas do Tietê (2)** – Laerte
551.**Pagando o pato** – Ciça
552.**Garfield de bom humor (6)** – Jim Davis
553.**Conhece o Mário?** vol.1 – Santiago
554.**Radicci 6** – Iotti
555.**Os subterrâneos** – Jack Kerouac
556(1).**Balzac** – François Taillandier
557(2).**Modigliani** – Christian Parisot
558(3).**Kafka** – Gérard-Georges Lemaire
559(4).**Júlio César** – Joël Schmidt
560.**Receitas da família** – J. A. Pinheiro Machado
561.**Boas maneiras à mesa** – Celia Ribeiro
562(9).**Filhos sadios, pais felizes** – R. Pagnoncelli
563(10).**Fatos & mitos** – Dr. Fernando Lucchese
564.**Ménage à trois** – Paula Taitelbaum
565.**Mulheres!** – David Coimbra
566.**Poemas de Álvaro de Campos** – Fernand Pessoa
567.**Medo e outras histórias** – Stefan Zweig
568.**Snoopy e sua turma (1)** – Schulz
569.**Piadas para sempre (1)** – Visconde da Cas Verde
570.**O alvo móvel** – Ross Macdonald
571.**O melhor do Recruta Zero (2)** – Mort Walker
572.**Um sonho americano** – Norman Mailer
573.**Os broncos também amam** – Angeli
574.**Crônica de um amor louco** – Bukowski
575(5).**Freud** – René Major e Chantal Talagrand
576(6).**Picasso** – Gilles Plazy
577(7).**Gandhi** – Christine Jordis
578.**A tumba** – H. P. Lovecraft
579.**O príncipe e o mendigo** – Mark Twain
580.**Garfield, um charme de gato (7)** – Jim Davi
581.**Ilusões perdidas** – Balzac
582.**Esplendores e misérias das cortesãs** – Balza
583.**Walter Ego** – Angeli
584.**Striptiras (1)** – Laerte
585.**Fagundes: um puxa-saco de mão cheia** – Laerte
586.**Depois do último trem** – Josué Guimarães
587.**Ricardo III** – Shakespeare
588.**Dona Anja** – Josué Guimarães
589.**24 horas na vida de uma mulher** – Stef Zweig
590.**O terceiro homem** – Graham Greene
591.**Mulher no escuro** – Dashiell Hammett
592.**No que acredito** – Bertrand Russell
593.**Odisséia (1): Telemaquia** – Homero
594.**O cavalo cego** – Josué Guimarães
595.**Henrique V** – Shakespeare
596.**Fabulário geral do delírio cotidiano** Bukowski
597.**Tiros na noite 1: A mulher do bandido** Dashiell Hammett
598.**Snoopy em Feliz Dia dos Namorados!** (– Schulz
599.**Mas não se matam cavalos?** – Horace McCo

600.**Crime e castigo** – Dostoiévski
601(7).**Mistério no Caribe** – Agatha Christie
602.**Odisséia (2): Regresso** – Homero
603.**Piadas para sempre (2)** – Visconde da Casa Verde
604.**À sombra do vulcão** – Malcolm Lowry
605(8).**Kerouac** – Yves Buin
606.**E agora são cinzas** – Angeli
607.**As mil e uma noites** – Paulo Caruso
608.**Um assassino entre nós** – Ruth Rendell
609.**Crack-up** – F. Scott Fitzgerald
610.**Do amor** – Stendhal
611.**Cartas do Yage** – William Burroughs e Allen Ginsberg
612.**Striptiras (2)** – Laerte
613.**Henry & June** – Anaïs Nin
614.**A piscina mortal** – Ross Macdonald
615.**Geraldão (2)** – Glauco
616.**Tempo de delicadeza** – A. R. de Sant'Anna
617.**Tiros na noite 2: Medo de tiro** – Dashiell Hammett
618.**Snoopy em Assim é a vida, Charlie Brown! (3)** – Schulz
619.**1954 – Um tiro no coração** – Hélio Silva
620.**Sobre a inspiração poética (Íon)** e ... – Platão
621.**Garfield e seus amigos (8)** – Jim Davis
622.**Odisséia (3): Ítaca** – Homero
623.**A louca matança** – Chester Himes
624.**Factótum** – Bukowski
625.**Guerra e Paz: volume 1** – Tolstói
626.**Guerra e Paz: volume 2** – Tolstói
627.**Guerra e Paz: volume 3** – Tolstói
628.**Guerra e Paz: volume 4** – Tolstói
629(9).**Shakespeare** – Claude Mourthé
630.**Bem está o que bem acaba** – Shakespeare
631.**O contrato social** – Rousseau
632.**Geração Beat** – Jack Kerouac
633.**Snoopy: É Natal! (4)** – Charles Schulz
634(8).**Testemunha da acusação** – Agatha Christie
635.**Um elefante no caos** – Millôr Fernandes
636.**Guia de leitura (100 autores que você precisa ler)** – Organização de Léa Masina
637.**Pistoleiros também mandam flores** – David Coimbra
638.**O prazer das palavras** – vol. 1 – Cláudio Moreno
639.**O prazer das palavras** – vol. 2 – Cláudio Moreno
640.**Novíssimo testamento: com Deus e o diabo, a dupla da criação** – Iotti
641.**Literatura Brasileira: modos de usar** – Luís Augusto Fischer
642.**Dicionário de Porto-Alegrês** – Luís A. Fischer
643.**Clô Dias & Noites** – Sérgio Jockymann
644.**Memorial de Isla Negra** – Pablo Neruda
645.**Um homem extraordinário e outras histórias** – Tchékhov
646.**Ana sem terra** – Alcy Cheuiche
647.**Adultérios** – Woody Allen
648.**Para sempre ou nunca mais** – R. Chandler
649.**Nosso homem em Havana** – Graham Greene
650.**Dicionário Caldas Aulete de Bolso**
651.**Snoopy: Posso fazer uma pergunta, professora? (5)** – Charles Schulz
652(10).**Luís XVI** – Bernard Vincent
653.**O mercador de Veneza** – Shakespeare
654.**Cancioneiro** – Fernando Pessoa
655.**Non-Stop** – Martha Medeiros
656.**Carpinteiros, levantem bem alto a cumeeira & Seymour, uma apresentação** – J.D.Salinger
657.**Ensaios céticos** – Bertrand Russell
658.**O melhor de Hagar 5** – Dik e Chris Browne
659.**Primeiro amor** – Ivan Turguêniev
660.**A trégua** – Mario Benedetti
661.**Um parque de diversões da cabeça** – Lawrence Ferlinghetti
662.**Aprendendo a viver** – Sêneca
663.**Garfield, um gato em apuros (9)** – Jim Davis
664.**Dilbert 1** – Scott Adams
665.**Dicionário de dificuldades** – Domingos Paschoal Cegalla
666.**A imaginação** – Jean-Paul Sartre
667.**O ladrão e os cães** – Naguib Mahfuz
668.**Gramática do português contemporâneo** – Celso Cunha
669.**A volta do parafuso** *seguido de* **Daisy Miller** – Henry James
670.**Notas do subsolo** – Dostoiévski
671.**Abobrinhas da Brasilônia** – Glauco
672.**Geraldão (3)** – Glauco
673.**Piadas para sempre (3)** – Visconde da Casa Verde
674.**Duas viagens ao Brasil** – Hans Staden
675.**Bandeira de bolso** – Manuel Bandeira
676.**A arte da guerra** – Maquiavel
677.**Além do bem e do mal** – Nietzsche
678.**O coronel Chabert** *seguido de* **A mulher abandonada** – Balzac
679.**O sorriso de marfim** – Ross Macdonald
680.**100 receitas de pescados** – Sílvio Lancellotti
681.**O juiz e seu carrasco** – Friedrich Dürrenmatt
682.**Noites brancas** – Dostoiévski
683.**Quadras ao gosto popular** – Fernando Pessoa
684.**Romanceiro da Inconfidência** – Cecília Meireles
685.**Kaos** – Millôr Fernandes
686.**A pele de onagro** – Balzac
687.**As ligações perigosas** – Choderlos de Laclos
688.**Dicionário de matemática** – Luiz Fernandes Cardoso
689.**Os Lusíadas** – Luís Vaz de Camões
690(11).**Átila** – Éric Deschodt
691.**Um jeito tranqüilo de matar** – Chester Himes
692.**A felicidade conjugal** *seguido de* **O diabo** – Tolstói
693.**Viagem de um naturalista ao redor do mundo** – vol. 1 – Charles Darwin
694.**Viagem de um naturalista ao redor do mundo** – vol. 2 – Charles Darwin
695.**Memórias da casa dos mortos** – Dostoiévski
696.**A Celestina** – Fernando de Rojas
697.**Snoopy: Como você é azarado, Charlie Brown! (6)** – Charles Schulz
698.**Dez (quase) amores** – Claudia Tajes
699(9).**Poirot sempre espera** – Agatha Christie
700.**Cecília de bolso** – Cecília Meireles
701.**Apologia de Sócrates** *precedido de* **Êutifron** e *seguido de* **Críton** – Platão
702.**Wood & Stock** – Angeli

703.**Striptiras (3)** – Laerte
704.**Discurso sobre a origem e os fundamentos da desigualdade entre os homens** – Rousseau
705.**Os duelistas** – Joseph Conrad
706.**Dilbert (2)** – Scott Adams
707.**Viver e escrever** (vol. 1) – Edla van Steen
708.**Viver e escrever** (vol. 2) – Edla van Steen
709.**Viver e escrever** (vol. 3) – Edla van Steen
710(10).**A teia da aranha** – Agatha Christie
711.**O banquete** – Platão
712.**Os belos e malditos** – F. Scott Fitzgerald
713.**Libelo contra a arte moderna** – Salvador Dalí
714.**Akropolis** – Valerio Massimo Manfredi
715.**Devoradores de mortos** – Michael Crichton
716.**Sob o sol da Toscana** – Frances Mayes
717.**Batom na cueca** – Nani
718.**Vida dura** – Claudia Tajes
719.**Carne trêmula** – Ruth Rendell
720.**Cris, a fera** – David Coimbra
721.**O anticristo** – Nietzsche
722.**Como um romance** – Daniel Pennac
723.**Emboscada no Forte Bragg** – Tom Wolfe
724.**Assédio sexual** – Michael Crichton
725.**O espírito do Zen** – Alan W.Watts
726.**Um bonde chamado desejo** – Tennessee Williams
727.**Como gostais** *seguido de* **Conto de inverno** – Shakespeare
728.**Tratado sobre a tolerância** – Voltaire
729.**Snoopy: Doces ou travessuras? (7)** – Charles Schulz
730.**Cardápios do Anonymus Gourmet** – J.A. Pinheiro Machado
731.**100 receitas com lata** – J.A. Pinheiro Machado
732.**Conhece o Mário?** vol.2 – Santiago
733.**Dilbert (3)** – Scott Adams
734.**História de um louco amor** *seguido de* **Passado amor** – Horacio Quiroga
735(11).**Sexo: muito prazer** – Laura Meyer da Silva
736(12).**Para entender o adolescente** – Dr. Ronald Pagnoncelli
737(13).**Desembarcando a tristeza** – Dr. Fernando Lucchese
738.**Poirot e o mistério da arca espanhola & outras histórias** – Agatha Christie
739.**A última legião** – Valerio Massimo Manfredi
740.**As virgens suicidas** – Jeffrey Eugenides
741.**Sol nascente** – Michael Crichton
742.**Duzentos ladrões** – Dalton Trevisan
743.**Os devaneios do caminhante solitário** – Rousseau
744.**Garfield, o rei da preguiça (10)** – Jim Davis
745.**Os magnatas** – Charles R. Morris
746.**Pulp** – Charles Bukowski
747.**Enquanto agonizo** – William Faulkner
748.**Aline: viciada em sexo (3)** – Adão Iturrusgarai
749.**A dama do cachorrinho** – Anton Tchékhov
750.**Tito Andrônico** – Shakespeare
751.**Antologia poética** – Anna Akhmátova
752.**O melhor de Hagar 6** – Dik e Chris Browne
753(12).**Michelangelo** – Nadine Sautel
754.**Dilbert (4)** – Scott Adams
755.**O jardim das cerejeiras** *seguido de* **Tio Vânia** – Tchékhov
756.**Geração Beat** – Claudio Willer
757.**Santos Dumont** – Alcy Cheuiche
758.**Budismo** – Claude B. Levenson
759.**Cleópatra** – Christian-Georges Schwentzel
760.**Revolução Francesa** – Frédéric Bluche, Stéphane Rials e Jean Tulard
761.**A crise de 1929** – Bernard Gazier
762.**Sigmund Freud** – Edson Sousa e Paulo Endo
763.**Império Romano** – Patrick Le Roux
764.**Cruzadas** – Cécile Morrisson
765.**O mistério do Trem Azul** – Agatha Christie
766.**Os escrúpulos de Maigret** – Simenon
767.**Maigret se diverte** – Simenon
768.**Senso comum** – Thomas Paine
769.**O parque dos dinossauros** – Michael Crichton
770.**Trilogia da paixão** – Goethe
771.**A simples arte de matar** (vol.1) – R. Chandler
772.**A simples arte de matar** (vol.2) – R. Chandler
773.**Snoopy: No mundo da lua! (8)** – Charles Schulz
774.**Os Quatro Grandes** – Agatha Christie
775.**Um brinde de cianureto** – Agatha Christie
776.**Súplicas atendidas** – Truman Capote
777.**Ainda restam aveleiras** – Simenon
778.**Maigret e o ladrão preguiçoso** – Simenon
779.**A viúva imortal** – Millôr Fernandes
780.**Cabala** – Roland Goetschel
781.**Capitalismo** – Claude Jessua
782.**Mitologia grega** – Pierre Grimal
783.**Economia: 100 palavras-chave** – Jean-Paul Betbèze
784.**Marxismo** – Henri Lefebvre
785.**Punição para a inocência** – Agatha Christie
786.**A extravagância do morto** – Agatha Christie
787(13).**Cézanne** – Bernard Fauconnier
788.**A identidade Bourne** – Robert Ludlum
789.**Da tranquilidade da alma** – Sêneca
790.**Um artista da fome** *seguido de* **Na colônia penal e outras histórias** – Kafka
791.**Histórias de fantasmas** – Charles Dickens
792.**A louca de Maigret** – Simenon
793.**O amigo de infância de Maigret** – Simenon
794.**O revólver de Maigret** – Simenon
795.**A fuga do sr. Monde** – Simenon
796.**O Uraguai** – Basílio da Gama
797.**A mão misteriosa** – Agatha Christie
798.**Testemunha ocular do crime** – Agatha Christie
799.**Crepúsculo dos ídolos** – Friedrich Nietzsche
800.**Maigret e o negociante de vinhos** – Simenon
801.**Maigret e o mendigo** – Simenon
802.**O grande golpe** – Dashiell Hammett
803.**Humor barra pesada** – Nani
804.**Vinho** – Jean-François Gautier
805.**Egito Antigo** – Sophie Desplancques
806(14).**Baudelaire** – Jean-Baptiste Baronian
807.**Caminho da sabedoria, caminho da paz** – Dalai Lama e Felizitas von Schönborn
808.**Senhor e servo e outras histórias** – Tolstói
809.**Os cadernos de Malte Laurids Brigge** – Rilke
810.**Dilbert (5)** – Scott Adams
811.**Big Sur** – Jack Kerouac
812.**Seguindo a correnteza** – Agatha Christie
813.**O álibi** – Sandra Brown
814.**Montanha-russa** – Martha Medeiros

815.**Coisas da vida** – Martha Medeiros
816.**A cantada infalível** *seguido de* **A mulher do centroavante** – David Coimbra
817.**Maigret e os crimes do cais** – Simenon
818.**Sinal vermelho** – Simenon
819.**Snoopy: Pausa para a soneca (9)** – Charles Schulz
820.**De pernas pro ar** – Eduardo Galeano
321.**Tragédias gregas** – Pascal Thiercy
322.**Existencialismo** – Jacques Colette
323.**Nietzsche** – Jean Granier
324.**Amar ou depender?** – Walter Riso
325.**Darmapada: A doutrina budista em versos**
326.**J'Accuse...! – a verdade em marcha** – Zola
327.**Os crimes ABC** – Agatha Christie
328.**Um gato entre os pombos** – Agatha Christie
329.**Maigret e o sumiço do sr. Charles** – Simenon
330.**Maigret e a morte do jogador** – Simenon
31.**Dicionário de teatro** – Luiz Paulo Vasconcellos
332.**Cartas extraviadas** – Martha Medeiros
33.**A longa viagem de prazer** – J. J. Morosoli
334.**Receitas fáceis** – J. A. Pinheiro Machado
35.(14).**Mais fatos & mitos** – Dr. Fernando Lucchese
36.(15).**Boa viagem!** – Dr. Fernando Lucchese
37.**Aline: Finalmente nua!!!** (4) – Adão Iturrusgarai
38.**Mônica tem uma novidade!** – Mauricio de Sousa
39.**Cebolinha em apuros!** – Mauricio de Sousa
40.**Sócios no crime** – Agatha Christie
41.**Bocas do tempo** – Eduardo Galeano
42.**Orgulho e preconceito** – Jane Austen
43.**Impressionismo** – Dominique Lobstein
44.**Escrita chinesa** – Viviane Alleton
45.**Paris: uma história** – Yvan Combeau
46(15).**Van Gogh** – David Haziot
47.**Maigret e o corpo sem cabeça** – Simenon
48.**Portal do destino** – Agatha Christie
49.**O futuro de uma ilusão** – Freud
50.**O mal-estar na cultura** – Freud
51.**Maigret e o matador** – Simenon
52.**Maigret e o fantasma** – Simenon
53.**Um crime adormecido** – Agatha Christie
54.**Satori em Paris** – Jack Kerouac
55.**Medo e delírio em Las Vegas** – Hunter Thompson
56.**Um negócio fracassado e outros contos de humor** – Tchékhov
57.**Mônica está de férias!** – Mauricio de Sousa
58.**De quem é esse coelho?** – Mauricio de Sousa
59.**O burgomestre de Furnes** – Simenon
60.**O mistério Sittaford** – Agatha Christie
1.**Manhã transfigurada** – Luiz Antonio de Assis Brasil
2.**Alexandre, o Grande** – Pierre Briant
3.**Jesus** – Charles Perrot
4.**Islã** – Paul Balta
5.**Guerra da Secessão** – Farid Ameur
6.**Um rio que vem da Grécia** – Cláudio Moreno
7.**Maigret e os colegas americanos** – Simenon
8.**Assassinato na casa do pastor** – Agatha Christie
9.**Manual do líder** – Napoleão Bonaparte
0(16).**Billie Holiday** – Sylvia Fol
1.**Bidu arrasando!** – Mauricio de Sousa
2.**Desventuras em família** – Mauricio de Sousa
3.**Liberty Bar** – Simenon
874.**E no final a morte** – Agatha Christie
875.**Guia prático do Português correto – vol. 4** – Cláudio Moreno
876.**Dilbert (6)** – Scott Adams
877(17).**Leonardo da Vinci** – Sophie Chauveau
878.**Bella Toscana** – Frances Mayes
879.**A arte da ficção** – David Lodge
880.**Striptiras (4)** – Laerte
881.**Skrotinhos** – Angeli
882.**Depois do funeral** – Agatha Christie
883.**Radicci 7** – Iotti
884.**Walden** – H. D. Thoreau
885.**Lincoln** – Allen C. Guelzo
886.**Primeira Guerra Mundial** – Michael Howard
887.**A linha de sombra** – Joseph Conrad
888.**O amor é um cão dos diabos** – Bukowski
889.**Maigret sai em viagem** – Simenon
890.**Despertar: uma vida de Buda** – Jack Kerouac
891(18).**Albert Einstein** – Laurent Seksik
892.**Hell's Angels** – Hunter Thompson
893.**Ausência na primavera** – Agatha Christie
894.**Dilbert (7)** – Scott Adams
895.**Ao sul de lugar nenhum** – Bukowski
896.**Maquiavel** – Quentin Skinner
897.**Sócrates** – C.C.W. Taylor
898.**A casa do canal** – Simenon
899.**O Natal de Poirot** – Agatha Christie
900.**As veias abertas da América Latina** – Eduardo Galeano
901.**Snoopy: Sempre alerta! (10)** – Charles Schulz
902.**Chico Bento: Plantando confusão** – Mauricio de Sousa
903.**Penadinho: Quem é morto sempre aparece** – Mauricio de Sousa
904.**A vida sexual da mulher feia** – Claudia Tajes
905.**100 segredos de liquidificador** – José Antonio Pinheiro Machado
906.**Sexo muito prazer 2** – Laura Meyer da Silva
907.**Os nascimentos** – Eduardo Galeano
908.**As caras e as máscaras** – Eduardo Galeano
909.**O século do vento** – Eduardo Galeano
910.**Poirot perde uma cliente** – Agatha Christie
911.**Cérebro** – Michael O'Shea
912.**O escaravelho de ouro e outras histórias** – Edgar Allan Poe
913.**Piadas para sempre (4)** – Visconde da Casa Verde
914.**100 receitas de massas light** – Helena Tonetto
915(19).**Oscar Wilde** – Daniel Salvatore Schiffer
916.**Uma breve história do mundo** – H. G. Wells
917.**A Casa do Penhasco** – Agatha Christie
918.**Maigret e o finado sr. Gallet** – Simenon
919.**John M. Keynes** – Bernard Gazier
920(20).**Virginia Woolf** – Alexandra Lemasson
921.**Peter e Wendy** *seguido de* **Peter Pan em Kensington Gardens** – J. M. Barrie
922.**Aline: numas de colegial (5)** – Adão Iturrusgarai
923.**Uma dose mortal** – Agatha Christie
924.**Os trabalhos de Hércules** – Agatha Christie
925.**Maigret na escola** – Simenon
926.**Kant** – Roger Scruton
927.**A inocência do Padre Brown** – G.K. Chesterton
928.**Casa Velha** – Machado de Assis

929.**Marcas de nascença** – Nancy Huston
930.**Aulete de bolso**
931.**Hora Zero** – Agatha Christie
932.**Morte na Mesopotâmia** – Agatha Christie
933.**Um crime na Holanda** – Simenon
934.**Nem te conto, João** – Dalton Trevisan
935.**As aventuras de Huckleberry Finn** – Mark Twain
936(21).**Marilyn Monroe** – Anne Plantagenet
937.**China moderna** – Rana Mitter
938.**Dinossauros** – David Norman
939.**Louca por homem** – Claudia Tajes
940.**Amores de alto risco** – Walter Riso
941.**Jogo de damas** – David Coimbra
942.**Filha é filha** – Agatha Christie
943.**M ou N?** – Agatha Christie
944.**Maigret se defende** – Simenon
945.**Bidu: diversão em dobro!** – Mauricio de Sousa
946.**Fogo** – Anaïs Nin
947.**Rum: diário de um jornalista bêbado** – Hunter Thompson
948.**Persuasão** – Jane Austen
949.**Lágrimas na chuva** – Sergio Faraco
950.**Mulheres** – Bukowski
951.**Um pressentimento funesto** – Agatha Christie
952.**Cartas na mesa** – Agatha Christie
953.**Maigret em Vichy** – Simenon
954.**O lobo do mar** – Jack London
955.**Os gatos** – Patricia Highsmith
956(22).**Jesus** – Christiane Rancé
957.**História da medicina** – William Bynum
958.**O Morro dos Ventos Uivantes** – Emily Brontë
959.**A filosofia na era trágica dos gregos** – Nietzsche
960.**Os treze problemas** – Agatha Christie
961.**A massagista japonesa** – Moacyr Scliar
962.**A taberna dos dois tostões** – Simenon
963.**Humor do miserê** – Nani
964.**Todo o mundo tem dúvida, inclusive você** – Édison Oliveira
965.**A dama do Bar Nevada** – Sergio Faraco
966.**O Smurf Repórter** – Peyo
967.**O Bebê Smurf** – Peyo
968.**Maigret e os flamengos** – Simenon
969.**O psicopata americano** – Bret Easton Ellis
970.**Ensaios de amor** – Alain de Botton
971.**O grande Gatsby** – F. Scott Fitzgerald
972.**Por que não sou cristão** – Bertrand Russell
973.**A Casa Torta** – Agatha Christie
974.**Encontro com a morte** – Agatha Christie
975(23).**Rimbaud** – Jean-Baptiste Baronian
976.**Cartas na rua** – Bukowski
977.**Memória** – Jonathan K. Foster
978.**A abadia de Northanger** – Jane Austen
979.**As pernas de Úrsula** – Claudia Tajes
980.**Retrato inacabado** – Agatha Christie
981.**Solanin (1)** – Inio Asano
982.**Solanin (2)** – Inio Asano
983.**Aventuras de menino** – Mitsuru Adachi
984(16).**Fatos & mitos sobre sua alimentação** – Dr. Fernando Lucchese
985.**Teoria quântica** – John Polkinghorne
986.**O eterno marido** – Fiódor Dostoiévski
987.**Um safado em Dublin** – J. P. Donleavy
988.**Mirinha** – Dalton Trevisan
989.**Akhenaton e Nefertiti** – Carmen Seganfredo e A. S. Franchini
990.**On the Road – o manuscrito original** – Jack Kerouac
991.**Relatividade** – Russell Stannard
992.**Abaixo de zero** – Bret Easton Ellis
993(24).**Andy Warhol** – Mériam Korichi
994.**Maigret** – Simenon
995.**Os últimos casos de Miss Marple** – Agatha Christie
996.**Nico Demo** – Mauricio de Sousa
997.**Maigret e a mulher do ladrão** – Simenon
998.**Rousseau** – Robert Wokler
999.**Noite sem fim** – Agatha Christie
1000.**Diários de Andy Warhol (1)** – Editado por Pat Hackett
1001.**Diários de Andy Warhol (2)** – Editado por Pat Hackett
1002.**Cartier-Bresson: o olhar do século** – Pierre Assouline
1003.**As melhores histórias da mitologia: vol. 1** A.S. Franchini e Carmen Seganfredo
1004.**As melhores histórias da mitologia: vol. 2** A.S. Franchini e Carmen Seganfredo
1005.**Assassinato no beco** – Agatha Christie
1006.**Convite para um homicídio** – Agatha Christie
1007.**Um fracasso de Maigret** – Simenon
1008.**História da vida** – Michael J. Benton
1009.**Jung** – Anthony Stevens
1010.**Arsène Lupin, ladrão de casaca** – Maurice Leblanc
1011.**Dublinenses** – James Joyce
1012.**120 tirinhas da Turma da Mônica** – Mauricio de Sousa
1013.**Antologia poética** – Fernando Pessoa
1014.**A aventura de um cliente ilustre** *seguido de* **O último adeus de Sherlock Holmes** – Sir Arthur Conan Doyle
1015.**Cenas de Nova York** – Jack Kerouac
1016.**A corista** – Anton Tchékhov
1017.**O diabo** – Leon Tolstói
1018.**Fábulas chinesas** – Sérgio Capparelli e Márcia Schmaltz
1019.**O gato do Brasil** – Sir Arthur Conan Doyle
1020.**Missa do Galo** – Machado de Assis
1021.**O mistério de Marie Rogêt** – Edgar Allan Poe
1022.**A mulher mais linda da cidade** – Bukowski
1023.**O retrato** – Nicolai Gogol
1024.**O conflito** – Agatha Christie
1025.**Os primeiros casos de Poirot** – Agatha Christie
1026.**Maigret e o cliente de sábado** – Simenon
1027(25).**Beethoven** – Bernard Fauconnier
1028.**Platão** – Julia Annas
1029.**Cleo e Daniel** – Roberto Freire
1030.**Til** – José de Alencar
1031.**Viagens na minha terra** – Almeida Garrett
1032.**Profissões para mulheres e outros artigos feministas** – Virginia Woolf
1033.**Mrs. Dalloway** – Virginia Woolf
1034.**O cão da morte** – Agatha Christie
1035.**Tragédia em três atos** – Agatha Christie
1036.**Maigret hesita** – Simenon
1037.**O fantasma da Ópera** – Gaston Leroux

UMA SÉRIE COM MUITA HISTÓRIA PRA CONTAR

lexandre, o Grande, Pierre Briant | **Budismo**, Claude B. Levenson | **abala**, Roland Goetschel | **Capitalismo**, Claude Jessua | **Cérebro**, ichael O'Shea | **China moderna**, Rana Mitter | **Cleópatra**, Christian-eorges Schwentzel | **A crise de 1929**, Bernard Gazier | **Cruzadas**, écile Morrisson | **Dinossauros**, David Norman | **Economia: 100 pala-ras-chave**, Jean-Paul Betbèze | **Egito Antigo**, Sophie Desplancques **Escrita chinesa**, Viviane Alleton | **Existencialismo**, Jacques Colette **Geração Beat**, Claudio Willer | **Guerra da Secessão**, Farid Ameur | **istória da medicina**, William Bynum | **Império Romano,** Patrick Le oux | **Impressionismo**, Dominique Lobstein | **Islã**, Paul Balta | **Jesus**, harles Perrot | **John M. Keynes**, Bernard Gazier | **Kant**, Roger Scruton | **ncoln**, Allen C. Guelzo | **Maquiavel**, Quentin Skinner | **Marxismo**, Henri efebvre | **Mitologia grega**, Pierre Grimal | **Nietzsche**, Jean Granier | **aris: uma história**, Yvan Combeau | **Primeira Guerra Mundial**, Michael oward | **Revolução Francesa**, Frédéric Bluche, Stéphane Rials e Jean ulard | **Santos Dumont**, Alcy Cheuiche | **Sigmund Freud**, Edson Sousa Paulo Endo | **Sócrates**, Cristopher Taylor | **Tragédias gregas**, Pascal hiercy | **Vinho**, Jean-François Gautier

L&PMPOCKETENCYCLOPÆDIA

Conhecimento na medida certa

IMPRESSÃO:

GRÁFICA EDITORA
Pallotti
IMAGEM DE QUALIDADE

Santa Maria - RS - Fone/Fax: (55) 3220.4500
www.pallotti.com.br